Karl Bartsch

Robert Burns` Lieder und Balladen

Karl Bartsch

Robert Burns` Lieder und Balladen

ISBN/EAN: 9783742898302

Hergestellt in Europa, USA, Kanada, Australien, Japan

Cover: Foto ©Andreas Hilbeck / pixelio.de

Manufactured and distributed by brebook publishing software
(www.brebook.com)

Karl Bartsch

Robert Burns` Lieder und Balladen

Robert Burns'

Lieder und Balladen.

Deutsch

von

Karl Bartsch.

Erster Theil.

─◦✦◦─

Einleitung.

Robert Burns, Schottlands volksthümlichster Dichter, wurde am 25. Januar 1759 in der Grafschaft Ayr im südlichen Schottland geboren. Wenige Tage nachher warf ein Orkan die ärmliche Hütte, in der er das Licht der Welt erblickte, nieder, — der erste Sturm in seinem stürmereichen Leben, den er selbst als eine Vorbedeutung betrachtete. Sein Vater, ein Pächter, dessen ältester Sohn er war, hatte es trotz unausgesetzten Fleißes nicht zu einer einigermaßen erträglichen Stellung im Leben bringen können, und so verfloß des Knaben Jugend in bitterer Noth und Armuth. Der sanfte Charakter der Mutter wirkte auf das jugendliche Gemüth wohlthätiger als der strenge Sinn des redlichen Vaters; ihr verdankte er, nächst einem alten Weibe, Jeany Wilson, die Kenntniß der sagen- und märchenhaften Ueberlieferungen seines Volkes, jener wunderbaren Welt, die die Phantasie mit den Eindrücken erfüllte, welche eine Grundlage seiner Poesie bilden; aus ihrem Munde vernahm er die im Volke lebenden Lieder, die in seinen eigenen den schönsten Wiederklang finden sollten. Die ersten Bücher, die einen mächtigen Einfluß auf ihn übten, waren eine Lebensbeschreibung Hannibals und die Geschichte des schottischen Helden Wallace; zumal die letztere erweckte, wie er selbst noch später gestand, in ihm jene glühende Vaterlandsliebe, die aus so vielen seiner Lieder spricht. Auch die bedeutendsten Dichter Englands, namentlich Pope und Shakespeare, selbst philosophische Schriften, wie von Bayle und Locke, hatte er in dem jugendlichen Alter von sechzehn Jahren bereits gelesen. Mehr auf diesem Wege als durch den Privatunterricht, den ihm der Vater trotz seiner sehr bescheidenen Mittel zu Theil werden ließ, bildete Robert sich fort. Dem Vater, der inzwischen in Mount Oliphant eine kleine Pacht übernommen hatte, mußte der heranwachsende Sohn bei der Landarbeit zur Seite stehen; und hier, hinter dem Pfluge, regte zum ersten Male der dichterische Genius in ihm die Schwingen, um eigenen Flug zu versuchen. Hier, bei den Arbeiten der Ernte, war es, wo die Liebe an ihn herantrat und ihn zum Liebe begeisterte. „In meinem fünfzehnten Sommer, so schildert er selbst das Doppelerwachen seiner Seele, war ein reizendes Geschöpfchen, ein Jahr jünger als ich selbst, meine Gefährtin bei den Erntearbeiten. Sie war ein schmuckes, süßes, munteres Dirnchen und weihte mich, ohne es selbst zu wissen, in jene entzückende Leidenschaft ein, welche ich trotz herber Enttäuschung, trotz Philisterklugheit und Bücherweisheit für die höchste aller menschlichen Freuden, für unsere größte Segnung hienieden halte. Unter andern liebreizenden Eigenschaften besaß sie eine recht liebliche Stimme, und ihre Lieblingsmelodie war es, welcher ich ein künstliches Gewand im Reime zu geben versuchte. Zwar war ich nicht so anmaßend, mir einzubilden, ich könne Verse machen, wie sie gedruckt und von Leuten, die Latein und Griechisch verstanden, verfaßt waren; aber mein Mädchen sang ein Lied, das ein junger Edelmann vom Lande auf eine von seines Vaters Mägden, die er liebte, gedichtet haben sollte, und ich sah nicht ein, warum ich nicht eben so gut sollte reimen können als er; denn ausgenommen, daß er Schafe einschmieren und Torf stechen konnte, da sein Vater in den Moorlanden lebte, hatte er keinerlei Kenntnisse vor mir voraus. So begannen bei mir Liebe und Poesie, die stets meine höchsten, oft meine einzigen Güter geblieben sind."

Auch als er, neunzehn Jahre alt geworden, auf die Schule nach Kirkoswald, einem Städtchen an der Meeresküste, kam, um mathematische Studien zu treiben, wurden diese bald wieder durch die Liebe unterbrochen: „ein liebliches Kind, das neben dem Schulhause wohnte, warf meine ganze Trigonometrie über den Haufen und schleuderte mich in Tangentenrichtung aus dem Kreise meiner Studien. Zwar kämpfte ich noch eine Zeit lang mit meinen Sinus und Cosinus herum; allein als ich vollends einmal an einem reizenden Nachmittage die Sonnenhöhe im Garten messen wollte und hier meinen Engel traf, da war nicht daran zu denken, daß ich in der Schule noch irgendwie gut gethan hätte."

Vivo l'amour et la bagatelle! das war der Wahlspruch, mit welchem er die Schule verließ und dem er sein ganzes Leben hindurch gewissenhaft treu blieb — ein gefährlicher Spruch bei der großen Erregbarkeit und Em-

pfänglichkeit einer dichterischen Natur. Und doch war es nur dieser glück=
liche Leichtsinn, der ihn über den Wogen empor hielt, welche die Ungunst
des Schicksals um ihn thürmte; der ihn der Poesie rettete, während er ohne
ihn unter dem Drucke der niedersten Erdensorgen verkümmert wäre. Denn
die Verhältnisse der Familie hatten sich eher ungünstiger als freundlicher
gestaltet. Im Februar 1784 starb sein Vater an der Abzehrung, als der
Executor eben mit Pfändung drohte. Auf Robert als den ältesten Sohn
waren die Augen der Mutter, der Geschwister gerichtet; und Robert fühlte
die Verpflichtung, die Stütze seiner Familie zu werden. Er und der zweite
Bruder Gilbert traten eine kleine Pachtung in Mosgiel bei Mauchline an
und entwickelten eine rastlose Thätigkeit, die gleichwohl dem Unglück nicht
wehren konnte; zwei auf einander folgende Mißernten rafften die Früchte
aller Anstrengung hin. Aber die ernstere Richtung, auf die die Verhält=
nisse ihn geführt hatten, zeigte sich nicht nur in einem geregelteren, mit
den einfachsten Bedürfnissen sich begnügenden Leben, sondern auch in der
größeren Stätigkeit seiner Neigungen. Hier an den Ufern des Ayr fand er
das Mädchen, welches die treueste das Grab überdauernde Leidenschaft in
ihm erweckte, jene Hochland=Mary, der seine schönsten und innigsten Lieder
gewidmet sind. Mary Campbell, eines Landmanns Tochter, war Milch=
mädchen auf dem nahen Schlosse Montgomery, eine liebliche Erscheinung,
keine glänzende Schönheit, aber voll Seele und Empfindung; mit ihr den
Bund für das Leben zu schließen, dieser Wunsch ward in Burns bei näherer
Bekanntschaft mehr und mehr mächtig. Nach schottischer Weise feierten
beide Liebende ihre Verlobung am Rande eines Baches, in den sie ihre
Arme eintauchten, worauf sie den Eid der Treue auf die emporgehobene
Bibel schwuren; es bedurfte nur noch einer Verständigung Mary's mit
ihren Verwandten im Hochland, und nach kurzer Trennung hoffte er mit
ihr auf immer vereinigt zu sein. Sie reiste ab — um nie wieder in die
Arme des sehnsüchtig Harrenden zurückzukehren. Eine kurze Krankheit
raffte sie, kaum am Ziele ihrer Reise angekommen, dahin, und der
Dichter erfuhr das Schicksal, das ihn betroffen, erst, als sie schon im
Grabe ruhte. Noch manches weibliche Wesen rührte sein liebebedürfti=
ges Herz, aber keine Zweite hat er so innig geliebt. Die Rückkehr ihres
Todestages (September 1789) erweckte ihm stets auf's neue den Schmerz
über ihren Verlust, und die Lieder, die er der Heimgegangenen nachruft,
sind von ergreifender Wahrheit, von tiefster Wehmuth durchdrungen.
Dieser innigen Liebe widerspricht es psychologisch keineswegs, wenn schon
kurze Zeit nach Mary's Tode eine neue Neigung den Dichter fesselte:
Jean (Johanna) Armour in Mauchline war der Gegenstand derselben,

und auch hier dachte Burns an eine dauernde Verbindung, die jedoch von Seiten des Vaters auf unüberwindliche Hindernisse stieß. Dieser, der strengen calvinistischen Richtung angehörend, während Burns sich der dagegen opponirenden, damals auftauchenden freieren angeschlossen und in diesem Sinne mehrere heftige Spottgedichte gegen die Calvinisten geschleudert hatte, wollte von dem Verhältnisse seiner Tochter mit dem in sehr zerrütteten Umständen lebenden und ihm persönlich verhaßten Dichter nichts wissen. So verbanden die Liebenden sich zu heimlicher Ehe; eine Sitte, die, beim schottischen Landvolke sehr üblich, nur schriftliche Einwilligung des Bräutigams erforderlich machte. Johanna's Vater jedoch, der von der Verbindung erfuhr, untersagte ihr jeden Verkehr mit dem, den sie nach der Landessitte als ihren rechtmäßigen Gatten betrachten durfte, und diktirte ihr Briefe an Burns, in welchen sie selbst sich von ihm lossagte. Damit noch nicht zufrieden, verfolgte er den Dichter auch auf gerichtlichem Wege, und schon war der Verhaftsbefehl gegen diesen erlassen, dem zu entrinnen Burns obdachlos umherirrte. Dem Verzweifelnden bot sich eine letzte Rettung dar in dem Anerbieten von Freunden, jenseits des atlantischen Oceans, in Jamaica, eine Stellung als Plantagenaufseher anzunehmen. Der Tag der Abreise war bestimmt, der Dichter hatte bereits wehmüthigen Abschied vom geliebten Ayr genommen, als er im letzten Augenblicke erfuhr, daß eine Sammlung seiner Gedichte, welche er im Subscriptionswege in Edinburg hatte drucken lassen, eine begeisterte Aufnahme gefunden und ihm einen Reinertrag von zwanzig Pfund abgeworfen habe. In dieser Nachricht glaubte er einen Wink des Schicksals zu erblicken, daß er den heimischen Boden nicht verlassen solle.

Er begab sich nach Edinburg, und hier beginnt eine zwar vorübergehende, aber glänzende Epoche seines Lebens, so ganz verschieden von dem bescheidenen, ja kummervollen Dasein, das er bis dahin geführt hatte. Der Graf James von Glencairn, mit dem ein Freund ihn bekannt machte, nahm sich seiner auf's wärmste an und führte ihn in die höchsten Kreise der Gesellschaft ein. Von diesen wie von den Männern der Wissenschaft erhielt er die ehrendsten Auszeichnungen; auch das weibliche Geschlecht beeiferte sich, dem gefeierten Dichter seine Huldigung darzubringen. Die materiellen Erfolge seiner dichterischen Thätigkeit wurden ebenfalls günstiger; aber alles dieses vermochte nicht den Dichter dauernd an Schottlands Hauptstadt zu fesseln, vermochte nicht ihm wahre Befriedigung zu gewähren. Der Weihrauch, der ihm gestreut wurde, machte ihn nicht eitel und stolz, er blieb der schlichte Mann aus dem Volke und verlor keinen Augenblick das Bewußtsein, daß in die dem Genius dargebrachten Huldigungen sich ein gut

Theil Eitelkeit und Selbstbespiegelung von Seiten der Darbringenden mischte, daß er nur zu oft ein Gegenstand bloßer Neugier, nicht höheren Interesses war. So verweilte er nicht länger als ein Jahr und wenige Monate in Edinburg und kehrte mit der alten Liebe in die Einsamkeit des schottischen Hochlandes zurück, sein Herz noch immer an Johanna hangend, die ihm inzwischen Zwillinge geboren, und die der strenge Vater dem treuen Werber, dem gefeierten Dichter nicht länger versagte.

Die Ersparnisse seines Edinburger Aufenthaltes verwendete er dazu, ein kleines Pachtgut zu miethen, das sich jedoch in zu verwahrlostem Zustande befand, um auf die Dauer ihm und seiner Familie den Lebensunterhalt verschaffen zu können. Dazu kam, daß häufige Besuche und damit verbundene Zerstreuungen des Dichters Zeit mehr als wünschenswerth in Anspruch nahmen, daß außer dem von Jahr zu Jahr wachsenden Familienkreise eine oft gemißbrauchte Gastfreundschaft die Ausgaben erhöhte, ohne daß neue Einnahmequellen sich eröffneten, zumal da Burns die meisten seiner Gedichte den Herausgebern schottischer Nationalgesänge unentgeltlich überließ. Er war bald genöthigt, seine Pacht aufzugeben und sich nach einer andern Stellung umzusehen. Durch Vermittelung des Grafen von Glencairn erhielt er einen Posten als Steueraufseher, ein Amt, das begreiflicherweise seiner Neigung wenig zusagte und das er selbst in dem humoristischen „Mann von der Steuer" sehr glücklich verspottete. Bei siebenzig Pfund jährlicher Einnahme konnte auch jetzt seine Lage sich nicht bessern; die häufige Entfernung von seiner Familie, die sein Beruf mit sich brachte, raubte ihm das Glück eines friedlichen und ungestörten Zusammenlebens mit den Seinen, und Verdächtigungen bei den Behörden, die ihn als Jakobiten, d. h. einen Anhänger der vertriebenen Stuarts, mit Mißtrauen ansahen, dienten dazu, ihm mehr und mehr sein Amt zu verleiden. Vergeblich hoffte er auf Beförderung oder auf eine andere Anstellung; der Ausbruch der französischen Revolution, für die Burns gleich von Anfang an seine glühende Sympathie ausgesprochen hatte, wäre beinahe verhängnißvoll für ihn geworden, indem man ihm mit Absetzung drohte. Seine politische Gesinnung, die er bei einer erwarteten Landung der Franzosen durch Eintritt in das Corps der Dumfries-Freiwilligen bethätigte, war nicht im Stande, jenen Verdacht von ihm zu nehmen. Das ungeregelte Leben, eine Folge seines Berufes sowohl, wie der abnehmenden Festigkeit des Willens, der häufige Genuß geistiger Getränke, dem er sich hingab', untergruben seine Gesundheit. Der schmerzliche Verlust seiner Lieblingstochter Bessy (August 1795) nagte an seiner Seele; eine schwere Krankheit nöthigte ihn, seine Amtsthätigkeit aufzugeben und führte ihn rasch seiner Auflösung entgegen. Das schöne Lied an „Jessy", ein junges Mädchen der Nachbarschaft, das ihm Mitleid und Theilnahme bewiesen, war des Dichters Schwanengesang, den er nur wenige Wochen überlebte. Nach kurzem Aufenthalt in einem benachbarten Seebade kehrte er, schon ein Sterbender, nach Dumfries zurück, wohin er mehrere Jahre vorher mit seiner Familie übergesiedelt war. Die Kunde seines nahen Endes verbreitete sich wie ein Lauffeuer im Orte, man drängte sich um das Haus, um den Arzt nach dem Befinden des Kranken zu fragen, der drei Tage nach seiner Rückkehr, am 21. Juli 1796, im 38. Jahre seines Lebens, im Fieberwahnsinn starb. Seine Wittwe ward von einem den Vater nur wenige Tage überlebenden Knaben entbunden, fast in demselben Augenblicke, als was vom Dichter sterblich war, unter dem Zuströmen des Volkes aus der ganzen Umgegend mit militärischen Ehren durch die Freiwilligen von Dumfries zur Erde bestattet wurde.

Wenn auch die düstern Lebensschicksale, die wir im Umrisse vorgeführt, geeignet sind, den Gedanken zu erwecken, daß unter günstigeren Verhältnissen dem Dichter ein glücklicheres und längeres, auch der Poesie noch mehr zu Gute kommendes Leben geworden wäre, wenn wir auch beklagen, daß sein Mißgeschick, in Verbindung mit ungezügelter Leidenschaft, ihm physische und sittliche Kraft raubte und ihn im Lenze der Jugend dahinraffte, so liegt auf der andern Seite doch etwas Erhebendes in dem Anblick einer Natur, die, was sie geworden, ganz aus sich selbst geworden, die unter dem Drucke der herbsten Schicksalsschläge sich immer wieder emporrichtete, die, durch die Verhätschelung der Welt nicht befleckt und getrübt, den Seelenadel, die innere Einfachheit und Reinheit bewahrte und selbst dem harten Dasein Zufriedenheit abzugewinnen wußte. Die Naturwüchsigkeit des Dichters ist eben durch seinen Bildungsgang und seine Lebensstellung bedingt, und so ist vielleicht, was dem Menschen trübe Stunden schuf, dem Dichter zu Gute gekommen.

Aus dem Volke erwachsen und frühe mit der Poesie des Volkes getränkt, hat er, auch als die Bekanntschaft mit der Kunstpoesie seinem Geiste neue Nahrung und neuen Stoff zuführte, doch jenen volksmäßigen Charakter behalten, den der Kunstdichter nur in seltenen Fällen durch glückliches Anempfinden sich zu eigen machen kann. Zwar sind unter seinen „Gedichten" viele, die recht gut auch ein begabter Kunstdichter verfaßt haben könnte; aber jene in schottischer Mundart gedichteten „Lieder und Balladen", die den Dichter zumeist berühmt und volksthümlich gemacht haben, kann nur ein so glücklich organisirtes, so in die Geheimnisse der Volkspoesie eingeweihtes dichterisches Gemüth erschaffen. In ihnen ist das Wesen der Kunst- und Volkspoesie so innig mit einander verbunden, daß sie recht eigentlich als das Gebiet bezeichnet werden können, wo jene beiden durch die Geschichte der Dichtung aller Völker hindurchgehenden Gegensätze sich vereinigen. Im Einzelnen würde es schwer zu entscheiden sein, ob wir in einem Liede von Burns ein Volkslied vor uns haben; und wirklich spricht die Kritik manches seiner Lieder als Volkslied an, während andere, die wirklich Volkslieder sein oder auf solchen beruhen mögen, allgemein dem Dichter zugeschrieben werden. Grade die Unmöglichkeit, in solchen Fällen, wenn nicht andere Quellen vorliegen, mit Sicherheit zu entscheiden, spricht für die volksthümliche Ader in Burns' Poesie.

Der Kreis von Empfindungen, in denen diese Lieder sich bewegen, ist ein enger, ist derselbe, den wir im Volksliede auch beschrieben finden. Die Gedanken und Bilder sind einfach und oft wiederkehrend, manchmal mit denselben Worten, ja zuweilen hat der Dichter einen und denselben Text durch verschiedenen Refrain und durch kleine Aenderungen zu zwei verschiedenen Liedern umgestaltet. Meist von der Naturbetrachtung ausgehend, knüpfen sie daran die Empfindungen des Dichters, die, aus der Tiefe der Seele quellend und immer wahr wie die Natur selbst, in einfachen Tönen an und in das Herz bringen. Die höchste Lust, der tiefste Schmerz, zumal der Liebe, die begeisterte Liebe für das Vaterland und seine Größe hat in Burns' Liedern den rührendsten und wahrsten Ausdruck gefunden. Das launige und heitere Element seiner Poesie, die mitunter bedenkliche Gegenstände behandelt, ohne jedoch jemals ein wirkliches Gefallen an der Lüsternheit, am Obscönen zu finden, sondern in derben Zügen und derben Worten derbe Situationen zeichnet, wie das Volksleben sie darbietet, ist eine andere Seite, in der sich Burns mit dem Volksliede berührt; zu manchen dieser Lieder könnte man aus der Poesie seines wie unseres Volkes die entsprechenden Seitenstücke hinstellen.

Allen Liedern aber gemeinsam ist die überaus melodische Form, die Sangbarkeit ist von dem Inhalt und Ausdruck unzertrennlich, ja man kann sagen, daß Burns' Lieder sich von selbst singen, daß sie ihre Melodie schon in sich tragen. Es ist richtig, er hat alte Volksweisen benutzt und ihnen neue Texte untergelegt, aber die Weise allein macht ein an sich unsangbares Lied noch zu keinem melodischen; bei Burns dagegen stehen Wort und Weise in innigster Harmonie. So werden diese Lieder, schon als Zeugnisse volksthümlicher Anschauung und Denkungsart einer Nation, die ihre Vergangenheit hinter sich hat, deren Sprache von Jahrzehnd zu Jahrzehnd mehr erstirbt und der englischen weicht, einen bleibenden Werth behalten und immer dem Besten beigezählt werden, was die Lyrik der neueren Zeit überhaupt hervorgebracht hat.

Den Uebersetzer leitete das Streben, bei möglichster Treue vor allen Dingen lesbare und in der Einfachheit des Ausdruckes dem Original sich annähernde Nachbildungen zu geben. Zu wieweit es ihm gelungen ist, der schwierigen Aufgabe gerecht zu werden, mögen Andere entscheiden. Wer ähnliche Versuche gemacht hat, wird die Schwierigkeiten zu würdigen wissen, die sich steigern, wenn ein Uebersetzer, den Anforderungen der heutigen deutschen Kunst gemäß, trotz der häufig nur assonirenden Form des Originals, Reinheit der Reime sich zur Aufgabe stellt.

K. B.

Liebe.

Meine artige Nell.

Ich lieb' einmal ein hübsches Kind,
    Ja lieb' es noch wie toll;
Ich liebe meine artige Nell,
    So lang ich leben soll.

Manch hübsches Mädchen sah ich schon,
    Und reichlich schön wie sie.
Doch solch bescheidne Anmuth, nein!
    Dergleichen sah ich nie.

Ein hübsches Kind erfreut das Aug',
    Ich glaub' es, sicherlich;
Doch mangelt etwas andres ihr,
    So paßt sie nicht für mich.

Doch Nelly's Blick ist sanft und süß,
    Und, was das Beste ist,
Bei aller Schönheit ist ihr Ruf
    So, daß man nichts vermißt.

Sie kleidet reinlich sich und hübsch,
    Bescheiden und adrett,
Und dann ist was in ihrem Gang,
    Es steht ihr alles nett.

Ein buntes Kleid, ein sanfter Blick
    Das rührt das Herz zwar leicht;
Doch Unschuld und Bescheidenheit
    Noch mehr als dies erweicht.

Das ist's, was mir an Nell gefällt,
    Was mir bestrickt den Sinn.
Drum bleibt sie stets in meiner Brust
    Alleinige Königin.

Einst, Tibbie, war 'ne Zeit.

Einst, Tibbie, war 'ne Zeit, da sah
    Ich nicht so spröde dich;
Verschmähst mich nun, weil arm ich bin —
    Allein was schert es mich?

Ich traf dich gestern dort am Teich,
Stumm bliebst du, einer Säule gleich,
Die Nas' gerümpft, weil ich nicht reich —
    Was Teufel schert es mich?

Du denkst gewiß in deinem Sinn,
Weil's in der Tasche klimpert drin,
Daß, wenn du winkst, zur Königin
    Ich gleich erwähle dich.

Doch weh dem Mann, der so gemein,
Wie leer auch seine Taschen sei'n,
Der solchem falschen Weibe weihn
    Will seine Lieb' und sich.

Wär' auch ein Bursche noch so nett,
Wenn er nicht rothe Füchse hätt',
Du rümpftest deine Nas', ich wett',
   Und läßt ihn ziehn wie mich.

Doch heißt er nur ein reicher Mann,
Du hängst wie eine Klett' ihm an,
Und zeigt' er auch an Geiste dann
   Dumm wie ein Rindvieh sich.

Doch, Tibbie, Mädchen, glaube mir,
Des Vaters Geld ist deine Zier;
Den Teufel fragte man nach dir,
   Wärst du so arm wie ich.

Ein Mägdlein lebt im Walde drin,
Im Hemd gäb' ich's für dich nicht hin,
Wär' all dein Gold auch mein Gewinn —
   Drum sieh nicht stolz auf mich!

Die Gerstenspitzen.

'S war Petri = Kettenfeier = Nacht,
   Wenn gelb des Kornes Spitzen,
Da sah des Mondes klare Pracht
   Mich hin zu Annie flitzen.
Die Zeit, uns unbemerkt, entschwand,
   Bis vor des Frühroths Blitzen
Sie, leicht bewegt, mir zugestand,
   Zu mir in's Korn zu sitzen.

Der Wind war still, der Himmel blau,
   Des Mondes Strahlen blitzen,
Sie setzte willig sich im Thau
   Hin in die Gerstenspitzen.

Sie liebt' ich und war mir bewußt,
   Auch ihr Herz zu besitzen;
Ich küßte sie an Mund und Brust
   Unter den Gerstenspitzen.

Voll Glut umarmt' ich meinen Schatz
   Und fühlt' ihn sich erhitzen;
O Segen über jenen Platz
   Unter den Gerstenspitzen!
Doch bei der hellen Sterne Pracht,
   Die ich so klar sah blitzen!
Auch sie soll segnen jene Nacht
   Unter den Gerstenspitzen.

Froh war ich mit Cumpanen gut,
   Froh war ich auch beim Trinken,
Froh im Besitz von Geld und Gut,
   Im dichtenden Versinken.
Doch sollt' ich aller Freuden Hauf
   Verdreifacht auch besitzen,
Die eine Nacht wög' alles auf
   Unter den Gerstenspitzen.

Chorus.

Kornspitzen, Gerstenspitzen
   Im Sonnenlichte blitzen;
Die selige Nacht vergeß' ich nicht
   Unter den Gerstenspitzen.

Montgomery's Peggy.

Wär' auf dem Haidekraut, im Moor,
    Gehüllt in meinen Plaid, mein Bette,
Ich wollte selig, selig sein,
    Wenn ich Montgomery's Peggy hätte.

Wenn auf dem Hügel heult der Sturm
    Der Winternacht, der regnicht kalten,
Ich fänd' ein Nest, und fest im Arm
    Wollt' ich Montgomery's Peggy halten.

Wär' ich ein stolzer hoher Lord,
    Hätt' Roß und Troß, ein herrlich Leben,
Ein Reiz nur läge drin für mich:
    Montgomery's Peggy es zu geben.

Das Mauchline-Mädchen.

Als erst ich kam zu Stewart Kyle,
    Mein Herz ging wie ein Rädchen;
Auf jedem Tritt, auf jedem Schritt
    Hatt' ich ein ander Mädchen.

Doch als ich, nichts befürchtend, kam
    Hin nach Mauchline, dem Städtchen,
Hat, eh ich's gedacht, zum Gefangnen gemacht
    Mein Herz ein Mauchline-Mädchen.

2*

Das Hochlandmädchen.

Nicht Edelfrau'n, wie schön sie sei'n,
Will je ich meine Lieder weih'n,
Ihr Rang und Prunk ist eitler Tand:
    Gebt mir mein Hochlandmädchen.

Dort in dem dichten Walde,
Hier auf der grünen Halde
Gelagert, treuen Sinnes voll,
    Sing' ich mein Hochlandmädchen.

O wären Thal und Hügel mein,
Die Schlösser und die Länderei'n!
Dann sollte sehn die Welt, wie ich
    Geliebt mein Hochlandmädchen.

Das falsche Glück meint's nicht so gut;
Muß fahren durch die wilde Flut!
Doch treu, so lang das Herz mir klopft,
    Lieb' ich mein Hochlandmädchen.

Durch ferne Zonen zieh' ich hin,
Ich weiß, nicht ändert sie den Sinn,
Denn Ehre wohnt in deiner Brust,
    Mein treues Hochlandmädchen.

Für sie trotz' ich des Meers Gebraus,
Für sie eil' ich zur Fern' hinaus,
Daß Indiens Reichthum seinen Schein
    Werf' auf mein Hochlandmädchen.

Sie hat mein Herz und meine Hand,
Der Ehr' und Treue heilig Pfand!
Bis mich der Streich des Todes fällt,
Lieb' ich mein Hochlandmädchen.

Lebwohl dem dichten Walde,
Lebwohl der grünen Halde!
In andern Ländern nun hinfort
Sing' ich mein Hochlandmädchen.

Peggy.

Des Westwinds Hall, der Büchse Knall
Bringt Herbstes Wonn' und Weide.
Das Rebhuhn springt so leichtbeschwingt
Hin über blüh'nde Haide.
Das Korn steht schön in Thal und Höhn,
Des trägen Bauern Wonne:
Im Mondschein sacht zieh' ich bei Nacht,
Dann tagt mir meine Sonne.

Das Rebhuhn liebt das Feld zumal,
Der Regenpfeifer Hügel,
Die Schnepfe trägt in's stille Thal,
Zum Quell den Reih'r der Flügel.
In's grüne Laub die Ringeltaub'
Entflieht, um dort zu klagen;
Der Haselstrauch der Drossel, auch
Dem Hänfling mag behagen.

So jede Art, ob wild, ob zart,
Weiß ihre Lust zu finden,
Den freut allein einsam zu sein,
Den, sich gesellig binden.

Hinweg, hinweg, du blutig Spiel
   Des Menschen, des Tyrannen,
Des Jägers Lust, wenn in die Brust
   Die Kugel trifft, von dannen!

Komm, Peg, mein Kind, die Luft ist lind,
   Vorüber huscht die Schwalbe!
Der Himmel blau! die Felder schau,
   Des Waldes Laub, das falbe!
Komm, laß uns gehn und fröhlich sehn
   Der Erde Zauberweben,
Das rauschige Korn, den keuschen Dorn
   Und all das selige Leben.

Plaudernd gesellt, gehn wir durch's Feld
   Im klaren Mondenschimmer;
Dann faß' ich dich herzinniglich
   Und schwöre: Dein für immer!
Kein Regenfall den Blumen all,
   Dem grünbelaubten Haine
So theuer ist, wie du mir bist,
   Du liebe holde Kleine!

Nanny, meine Rose.

Wo der Lugar fließt den Hügeln zu,
   Tief zwischen Moor und Moose,
Eilt schon der Wintertag zur Ruh
   Und ich zu meiner Rose.

So trüb und regnicht ist die Nacht,
   Wild heult des Sturms Getose,
Im Mantel über die Hügel sacht
   Schleich' ich zu meiner Rose

Mein Lieb ist reizend, süß und jung,
   Das holde ränkelose;
Doch weh der bösen Schmeichlerzung',
   Die täuschte meine Rose.

Ihr Herz ist treu, ihr Auge blau,
   So süß ist ihr Gekose;
Dem Maßlieb gleich, genetzt vom Thau,
   Ist Nanny, meine Rose.

Ein Bursch vom Land, das ist mein Stand,
   Der schlichte, namenlose;
Was thut's, bin ich auch ungekannt?
   Mich kennt ja meine Rose.

Mein Reichthum ist ein schmales Geld,
   Das ich mit Müh' erloose,
Doch schert mich nicht das Gold der Welt,
   Denk' ich an meine Rose.

Mein Gutsherr, der hat Vieh genug
   Und sitzt dem Glück im Schooße;
Ich freu' mich hinter seinem Pflug
   An Nanny, meiner Rose.

Komm' Lust und Leid, was kümmert's mich?
   Bin froh bei jedem Loose;
Keine andre Sorg' in der Welt hab' ich
   Als Nanny, meine Rose.

Fragment.

Einst zog ich Nachts von hinnen,
Wenn aufwärts schießt das Korn,
Und setzte mich zu sinnen
Auf eines Baumes Knorr'n.
Der Ayr rann vor mir nieder
Zum Meer das Thal entlang,
Vom Hügel hin und wieder
Der Turtel Lied erklang.

Süße Maid.

Süße Maid, gib nach der Liebe,
Nimm dies Herz voll sanfter Triebe!
Deines Dieners Herz — o schon' es
Und für seine Treue lohn' es!

Nicht wen Geld und Glück umfluten,
Nicht den Reichen, nur den Guten,
Nicht Geburt, nur rein Empfinden
Kann das Band der Liebe binden!

Die holde Peggy Alison.

Ich küsse dich, ja ja,
    Du kommst nicht ohne Kuß davon!
Ich küsse dich, ja ja,
    Du holde Peggy Alison!

Bist du mir nah, wie trotz' ich da
　　Der Sorg' und Furcht der Erden!
Kein Königssohn auf seinem Thron
　　Kann so beseligt werden.

An meine Brust schließ' ich voll Lust
　　Den Schatz, den ich besitze;
Vom Himmel mehr ich nicht begehr'
　　Als solche Wonneblitze.

Bei deinem Auge blau und rein
　　Schwör' ich dir: Dein für immer!
Der Kuß hier soll das Siegel sein,
　　Und brechen werd' ich's nimmer.

Ich küsse dich, ja ja,
　　Du kommst nicht ohne Kuß davon!
Ich küsse dich, ja ja,
　　Du holde Peggy Alison!

Es grünt im Schilfe.

Es grünt im Schilfe,
Es grünt im Schilfe!
Ich lebte manchen lieben Tag
Mit junger Mädchen Hilfe!

Rings ist uns Sorge nur beschert,
Wie lang der Mensch auch lebe.
Was wäre Mannes Leben werth,
Wenn es nicht Frauen gäbe?

Nach Geld und Lust jagt Menschenbrust,
Das Geld entflieht ihm immer;
Und wenn er denkt, daß er's noch fängt,
Genießen wird er's nimmer.

Gebt mir ein Stündchen Abendzeit,
Im Arm mein Liebchen munter,
Dann, weltlich Weh und weltlich Leid,
Geh drüber und geh drunter.

Ihr Klugen, die ihr drüber lacht,
Seid Esel nur und Thoren;
Der klügste Mann, der je gelebt,
Hat sich die Lieb' erkoren.

Die schönste Arbeit ließ Natur
An diesen Holden schauen;
Der Mann war eine Probe nur,
Ihr Meisterstück die Frauen.

Es grünt im Schilfe,
Es grünt im Schilfe!
Ich lebte manchen lieben Tag
Mit junger Mädchen Hilfe.

Jeanie.

Und trennt' ein grausames Geschick.
Uns gleich wie Süd und Nord,
Mit sanften Banden hält dein Blick
Mich ewig hier wie dort.
Und trennen Berg' und Wüstenei'n
Und Meere dich und mich,
Doch heißer als die Seele mein
Lieb' ich, o Jeanie, dich.

Ihre Locken.

Die Flut der Locken rabengleich
Hängt ihr auf Brust und Nacken reich.
Wie süß, um diesen Busen weich
Und Nacken sich zu weben!

Die Lippen, Rosen gleich bethaut,
Ihr Mündlein — o wie reizend, schaut!
Der Wangen Roth — solch Färbekraut
Kann nur der Himmel geben!

Mauchline's Schönen.

Die Bücher laßt sein, ihr Schönen von Mauchline,
Das Spinnrad ist ein besser Ziel:
Solch zauberisch Buch ist ein Köder klug
Für Bursche voll Trug wie Rob Moßgiel.

Eure feinen Tom Jones und Grandisons
Berücken euch das Herz im Spiel,
Machen heiß das Blut, das Herz voll Glut,
Dann seid ihr ein Raub für Rob Moßgiel.

O nicht vertraut dem Schmeichlerlaut,
Erheuchelt auch das Herz Gefühl;
Dies sanfte Herz lacht eurem Schmerz,
Ein bübischer Scherz für Rob Moßgiel.

Dies Kosen zart von sanfter Art
Ist schlimm wie Gift und schlimmer viel;
Dies Kosen zart von feiner Art
Ist truggepaart bei Rob Moßgiel.

Die Schönen von Mauchline.

Es gibt in Mauchline sechs Mägdelein fein,
   Die Zierde der Stadt und der Gegend umher,
Ihre feine Manier, man dächte doch schier,
   Daß sie von Paris oder London stammt her.

Miß Miller ist nett, Miß Markland adrett,
   Miß Betty ist hübsch und Miß Smith hat Verstand;
Miß Morton ist reich und niedlich zugleich,
   Doch von allen ist Armour mein Krondiamant.

Jagdlied.

Das Haidekraut blühte, gemäht war die Au,
Sie zogen zu jagen frühmorgens im Thau,
Ueber Moos, über Moor, durch den grünenden Wald,
Ein niedliches Wasserhuhn sahen sie bald.

   Nehmt euch beim Jagen, ihr Burschen, in Acht,
   Nehmt euch beim Jagen, ihr Burschen, in Acht;
   Wie lustig ihr springt, als wärt ihr beschwingt,
   Ein niedliches Wasserhuhn fängt man nur sacht.

Es streifet den Thau von dem Haidekraut fort,
Seine Farbe verräth auf dem Hügel es dort;
Der Lenz vor dem Glanz seinen eignen verlor —
Wie dehnt es so fröhlich die Schwingen empor.

Und Phöbus, der über den Hügel hin wallt,
Versucht seine Kunst am Gefieder alsbald.
Er richtet den Strahl, wo am Hügel es liegt,
Doch die leuchtenden Strahlen, es hat sie besiegt.

Sie jagten auf Höhen, sie jagten im Thal,
Mit bestem Geschick und die besten zumal.
Doch schien es gesunden, das lang sie gesucht,
Husch! war es vorüber und weit auf der Flucht.

Nehmt euch beim Jagen, ihr Burschen, in Acht,
Nehmt euch beim Jagen, ihr Burschen, in Acht;
Wie lustig ihr springt, als wärt ihr beschwingt,
Ein niedliches Wasserhuhn fängt man nur sacht.

Jung Peggy.

Jung Peggy war die schönste Maid,
Frisch wie der rosige Morgen,
Wie thauig Gras, drin, leuchtend weit,
Glanztropfen sich geborgen.
Ihr Aug' ist heller als der Strahl,
Der durch den Regen leuchtet,
Der, glitzernd über Strom und Thal,
Die Blumen frisch befeuchtet.

Die Lippen, Kirschen gleich an Glanz,
Die reichre Farben zieren,
Bezaubern den Beschauer ganz
Und reizen zum Probiren.
Ihr Lächeln, wie der Abend mild,
Wenn Vögel lieblich singen,
Und kleine Lämmchen froh und wild
In lustigen Schaaren springen.

Wär' auch das Schicksal Peggy's Feind,
Ihr Lächeln würd's erweichen,
Wie, wenn des Lenzes Sonne scheint,
Des Winters Stürme weichen.

Verleumbung fände hier kein Ziel,
Um ihre Macht zu schwächen,
Der Neid verlör' an ihr sein Spiel,
Den Zahn würd' er sich brechen.

Ihr Mächte, Lieb' und Treu' und Ehr',
O schützt sie stets vor Schmerzen!
Sagt ihr, welch Schicksal hoch und hehr
Gott zudenkt ihrem Herzen.
Entfacht der Ehe süße Glut
Auch Peggy im Gemüthe;
Gebt ihr das schönste Muttergut,
Manch holde Kindesblüthe.

Elise.

Von dir, Elise, muß ich gehn
    Und von dem Heimatland,
Und zwischen uns stellt Meer und Seen
    Des Schicksals strenge Hand.
Doch wilde See und brausend Meer,
    Ob zwischen dir und mir,
Kann scheiden nie und nimmermehr
    Mein Herz und Sein von dir!

Leb wohl, leb wohl, Geliebte du,
    Du Engel licht und hehr;
Der Ahnung Stimme ruft mir zu:
    Auf Nimmerwiederkehr!
Der letzte Herzschlag dieser Brust,
    Bricht schon der Tod herein,
Sei dein, o du mein Schmerz und Lust,
    Der letzte Seufzer dein!

Menie.

Von neuem trägt in bunter Pracht
Natur ihr Frühlingskleid zur Schau;
Der Wind küßt ihr die Locken sacht,
Getaucht in frischen Morgenthau.

Und ich verliebt in Menie noch,
Blickt auch ihr Auge spöttisch drein?
Ein Aug' hat der Schalk, so schwarz wie ein Falk,
Läßt keinen Burschen ruhig sein.

Vergebens blühn die Primeln mir,
Vergebens, daß das Veilchen winkt,
Vergebens, daß im Waldrevier
Der Hänfling und die Drossel singt.

Froh lenkt der Pflüger seinen Zaum,
Froh streut der Sämann seine Saat;
Mir ist das Leben wie ein Traum,
Ein Traum, dem kein Erwachen naht.

Dort streift das Huhn die Wellen leis,
Im Rohre schrein die Enten hier,
Der stolze Schwan zieht seinen Kreis,
Ach! froh ist alles außer mir.

Der Schafhirt schließt des Pferches Thor
Und schreitet pfeifend durch's Gefild;
Am Hügel geht sein Pfad empor,
Da treff' ich ihn, ein Wandrer wild.

Und wenn die Lerche leichtbeschwingt
An Maßliebs Seite froh erwacht,
Im Morgengrau ihr Liedchen singt,
Dann schleich' ich heim, ein Geist der Nacht.

Komm, Winter, mit der Stürme Dräu'n,
Das wüthend beugt den Baum der Flur;
Du kannst mein freudlos Herz erfreun,
Wenn trüb gleich mir ist die Natur.

Und ich verliebt in Menie noch,
Blickt auch ihr Auge spöttisch drein?
Ein Aug' hat der Schalk, so schwarz wie ein Falk,
Läßt keinen Burschen ruhig sein.

Am Ceßnockstrand.

Am Ceßnockstrand lebt eine Maid;
        Könnt' ich sie schildern ganz und gar!
Die Mädchen all besiegt sie weit —
        Sie hat ein funkelnd Augenpaar.

Frisch ist sie wie die Morgenau,
        Wenn Phöbus aufsteigt licht und klar,
Und auf der Wiese blitzt der Thau —
        Sie hat ein funkelnd Augenpaar.

Ihr Wuchs ist wie die Esche grün
        Am Rand des Quelles spiegelklar,
Wo Schlüsselblumen wild erblühn —
        Sie hat ein funkelnd Augenpaar.

Keusch ist sie wie der Dorn am Rain,
        Mit Blüthen weiß und grünem Haar,
Im thauigen Morgensonnenschein —
        Sie hat ein funkelnd Augenpaar.

Ihr Blick ist wie der junge Mai
　Im Abendsonnenglanz fürwahr,
Wenn Liebe jauchzt der Vögel Schrei —
　Sie hat ein funkelnd Augenpaar.

Dem Nebel, der am Bergesrand
　Gekräuselt flattert, gleicht ihr Haar,
Wenn Regen neu erquickt das Land —
　Sie hat ein funkelnd Augenpaar.

Dem Regenbogen gleicht die Stirn,
　Wenn, brechend durch der Wolken Schaar,
Die Sonne küßt der Berge Firn —
　Sie hat ein funkelnd Augenpaar.

Die Wange gleicht dem Rößlein hold,
　Der Fürstin in der Blumen Schaar,
Das seine Blätter kaum entrollt —
　Sie hat ein funkelnd Augenpaar.

Die Lippen schwellen, wie da lacht
　Am sonnigen Hang ein Kirschenpaar,
Das lüstern Aug' und Gaumen macht —
　Sie hat ein funkelnd Augenpaar.

Die Zähne gleich dem Silbervließ
　Der frischgewaschnen Lämmerschaar,
Die langsam klimmt am Bergeskies —
　Sie hat ein funkelnd Augenpaar.

Ihr Hauch ist wie der süße Duft,
　Den blühnder Veilchen Schooß gebar,
Wenn Phöbus sinkt zur Wellengruft —
　Sie hat ein funkelnd Augenpaar.

Ihr Stimmchen, wie der Drossel Lied
Am Ceßnock, süß und wunderbar,
Wenn's Weibchen lauscht versteckt im Ried —
Sie hat ein funkelnd Augenpaar.

Doch nicht ist's Antlitz, noch Gestalt,
Wie märchenhaft auch alles war;
Es ist der Seele Allgewalt,
Zumeist im lichten Augenpaar.

Marie.

Himmelsmächte, die beschirmend
Ueber Tugend halten Wacht,
Wenn ich weil' in fernen Zonen,
Schützt Marie mit eurer Macht.
Sie, die schön und ohne Fehle,
Schön und fleckenlos wie ihr,
Zieh' ihr nahverwandtes Wesen
Euch aus luftigem Revier.

Macht die Luft, die sie umfächelt,
Still und sanft wie ihre Brust;
Athmet ihr mit leisem Hauche
In den Busen Fried' und Lust.
Schützt sie, schutzverleihnde Engel!
Führt mein Schicksal vielerwärts
Mich in unbekannte Reiche,
Macht zur Heimat mir ihr Herz!

Die Maid von Ballochmyle.

’s war Abend — auf dem Feld lag Thau,
In jedem Kelch ein Tropfen drin,
Der Zephyr kost' um Blumen lau
Und trug den süßen Duft dahin;
In jeder Schlucht die Drossel sang,
Still lauschte die Natur, dieweil
Des Echo’s Stimme wiederklang
Am Hügelland von Ballochmyle.

Sorglosen Schritts zog ich den Pfad,
Froh an der Freude der Natur,
Bis eine Lichtung ich betrat;
Da fand ich eines Mägdleins Spur.
Wie frischer Morgen blickte sie,
Wie Frühlingsglanz des Auges Pfeil,
Vollendung schien zu flüstern: sieh
Die holde Maid von Ballochmyle!

Wohl ist der Maienmorgen schön,
Und süß, die Nacht im Herbste mild
Zu wandern über Thal und Höhn,
Durch Gärten oder still Gefild!
Doch dir, der Schöpfung Lieblingskind,
O Weib, ward schönster Reiz zu Theil,
Und deinen höchsten Preis gewinnt
Die holde Maid von Ballochmyle.

Wär' sie ein Bauernmädchen, ach!
Und ich, mit ihr von gleichem Stand,
Wohnt' unterm schlichtsten Hüttendach,
Das je gesehn der Schotten Land!

3*

In Schnee und Regen, voller Luft,
Schafft' ich für sie, mein höchstes Heil,
Und drückte Nachts an meine Brust
Die holde Maid von Ballochmyle!

Dann mag der Ehrgeiz seine Bahn
Anklimmen, wo der Ruhm ihm winkt,
Zur Tiefe steigen Gier und Wahn,
Den heißer Durst nach Gold verschlingt.
Mir gebt die Hütt' im Schatten dort,
Die Heerd' und Pflugschar sei mein Theil,
Mir schenkt der höchsten Wonnen Hort
Die holde Maid von Ballochmyle.

Wo haft du bekommen.

Wo haft du den Hafermehlkuchen bekommen?
    Du blinder Geselle, fragst wo oder wie?
Ich bekam ihn von einem jungen Soldaten
    Dort zwischen Saint Johnston und zwischen Dundee.
O säh' ich den Burschen, der mir ihn gegeben!
    Oft herzt' er auf seinen Knieen mich hier;
Gott schütze mein Lieb, meinen schottischen Burschen,
    Und bring' ihn gesund seinem Kindchen und mir!

Gott segne dir deine süßen Lippen,
    Gott segne dein Auge so wonnig und blau!
Dein Lächeln gleicht dem meines herzigen Burschen,
    Du bist es, nach dem voll Sehnen ich schau'.
Ich bau' eine Laub' an dem lieblichen Ufer,
    Wo der Tay vorüberrinnt silberklar,
Und will in einen Tartan dich kleiden,
    So bist du ein Mann, wie dein Vater war.

Komm hinten die Treppe.

O pfeif' und ich komme,
    Mein Bursch, zu dir;
O pfeif' und ich komme,
    Mein Bursch, zu dir!
Ob Vater und Mutter
    Auch toll wird schier,
O pfeif' und ich komme,
    Mein Bursch, zu dir.

Komm hinten die Treppe,
    Willst du zu mir;
Komm hinten die Treppe,
    Willst du zu mir.
Kommst du von hinten,
    Merkt niemand dich hier;
Und stell dich, als kämst du
    Gar nicht zu mir.

Damon und Sylvia.

Im Bächlein dort, das glitzernd fort
    Zieht längs dem Hügel hin, Herr,
Eine Laube grün, wo Blumen blühn,
    Beschaut sich lächelnd drin, Herr.

Mit Sylvia trieb Damon da
    Der Lieb' unschuldigen Scherz, Herr;
Das Vöglein sang, das Echo klang,
    Den Takt schlug Damons Herz, Herr.

Die Birken von Aberfeldy.

Holdes Mädchen, willst du gehn,
Willst du gehn, willst du gehn,
Holdes Mädchen, willst du gehn
    Zu Aberfeldy's Birken?

Nun lacht der Lenz auf blumigen Höhn;
Sanft rauscht der Bächlein süß Getön;
O komm, die Tage sind so schön,
    In Aberfeldy's Birken.

Vom dichten Haselbach umringt,
Das kleine Vöglein lustig singt
Und fliegt dann froh und leichtbeschwingt
    Zu Aberfeldy's Birken.

Der luftige Hügel strebt empor,
Der Strom bricht dampfend draus hervor,
Der Wald daran steht grün im Flor
    Und Aberfeldy's Birken.

Die Klippen stehn voll Blumen all,
Zur Tiefe rauscht der Wasserfall,
Und sein zerstäubter Wogenschwall
    Netzt Aberfeldy's Birken.

Ob auch das schwanke Glück entflieh',
Entlockt es mir doch Wünsche nie,
Dem Liebe höchstes Glück verlieh
    In Aberfeldy's Birken.

Holdes Mädchen, willst du gehn,
Willst du gehn, willst du gehn,
Holdes Mädchen, willst du gehn
    Zu Aberfeldy's Birken?

Schmucke Bursch von Galla=Wasser.

Schmucke Bursch von Galla = Wasser,
   Schmucke Bursch von Galla = Wasser:
Ich schürz' mein Röckchen überm Knie
   Und geh' mit dem Liebsten durch's Wasser.

Ihr Haar so schön, die Wange rund,
   Das Auge sanft und blau, mein Holdchen,
Die Zähne weiß, so süß der Mund,
   Wie viel ich sie küsse, sie bleibt mein Holdchen.

Ueber den Bach und über die Höh',
   Ueber das Moor und die Haide;
Meinem Lieb folg' ich durch's Wasser nach
   Mit aufgeschürztem Kleide.

Hinter dem Ginster, dem Ginster dort,
   Hinter dem Ginster, mein Holdchen!
Die Maid verlor ein seiden Band,
   Nun weint sie bitter, mein Goldchen.

Schmucke Bursch von Galla = Wasser,
   Schmucke Bursch von Galla = Wasser,
Ich schürz' mein Röckchen überm Knie
   Und geh' mit dem Liebsten durch's Wasser.

Ihr Vater verbot.

Ihr Vater verbot, ihre Mutter verbot,
   Das ging dem Mädel nicht ein,
Sie dachte, mein Treu, das gebraute Gebräu,
   Es könne so bitter nicht sein.

   Der lange Bursch, der Jumpin' John,
     Betrog das liebe Mädchen.

Ein Kalb und 'ne Kuh und ein Schäfchen dazu
   Und Schillinge dreißig und drei,
Die Mitgift gewinnt dem Pächter sein Kind,
   Die schwarzäugige Dirne, juchhei!

   Der lange Bursch, der Jumpin' John,
     Betrog das liebe Mädchen.

Die holde Peg.

Als ich ging ein, zum Thor herein,
   Im Abendsonnengolde,
Wer trippelt da die Straß' herab?
   Ei Peg, die liebe holde!

So frisch und blank, so nett und schlank,
   War nichts dran zu vermissen;
Käm' Venus her, sie hätte mehr
   Mein Herz nicht hingerissen.

So Hand in Hand am Ufersand
   Ging's fort im Abendschimmer:
Die sel'ge Stund' im Thalesgrund
   Vergess' ich nun und nimmer!

Es war 'ne Maid.

Es war 'ne Maid und die hieß Meg,
　　Ging spinnen über's Moor in's Land;
Es war ein Bursch, der folgt' ihr nach,
　　War Duncan Davison genannt.
Das Moor war tief, die Meg die lief,
　　Leicht zu gewinnen war sie nicht;
Kam er zu nah, gleich schlug sie da
　　Ihn mit dem Rocken in's Gesicht.

Das Moor entlang das Mädel sprang,
　　Der Bach war klar und grün der Wald;
Doch müd zuletzt, das Rädchen setzt
　　Sie zwischen sich und ihn alsbald.
Da schwur er einen heiligen Eid,
　　Meg müßt' ein Bräutchen morgen sein;
Da nahm ihr Rädchen Meg, und weit,
　　Weit warf sie's in den Bach hinein.

Wir baun ein Haus, ein klein klein Haus,
　　Und leben wie die Täubchen drin;
Wie schön wird das des Abends sein,
　　Sitz' ich bei meiner Spinnerin.
Ein Mann kann trinken ohne Rausch,
　　Kann fechten und bleibt lebend doch,
Ein Mann kann küssen eine Maid —
　　Und ist nachher willkommen noch.

Theniel Menzies' holde Mary.

Zur Dye=Brück' kamen wir hinauf
    Im ersten Morgensonnengolde;
In Darlet hielt man sich was auf
    Und trank da auf Marie, die holde!

    Theniel Menzies' holde Mary,
       Theniel Menzies' holde Mary;
    Charlie Gregor büßt' den Plaid ein,
       Als er küßte Theniel's Mary.

Ihr Auge licht, weiß ihr Gesicht,
    Ihr Haar wie eine Blumendolde;
Mit ihrer Rosenwange licht
    Stets lächelnd blickt Marie, die holde.

Wir tanzten all den langen Tag:
    Wie stand es mit der Pfeifer Solde?
O, Charlie die bezahlen mag,
    Weil er geküßt Marie, die holde.

    Theniel Menzies' holde Mary,
    Theniel Menzies' holde Mary,
    Charlie Gregor büßt' den Plaid ein,
    Als er küßte Theniel's Mary.

Die Ufer des Devon.

Wie schön ist der Rand des gewundenen Devon,
    Mit grünen Gebüschen, rings Blumen umher.
Doch die niedlichste Blum' an den Ufern des Devon
    War einst eine Knosp' auf den Hügeln des Ayr.

Mild scheine die Sonn' auf die süße hernieder,
  Am rosigen Morgen gebadet in Thau;
Sanft falle der Regen des Lenzes, der wieder
  Erfrischet am Abend die Blumen der Au.

O schonet die Blüthe, ihr östlichen Winde,
  Ihr dämmerungkündenden, eisig und kalt!
Und ferne verbleib' ihr, du Wurm, der unlinde
  Anfasset die Zierde von Garten und Wald.
Ob Frankreich mit goldenen Lilien prahle, ·
  Ob England mit Stolz seine Rosen entrollt,
Eine schönere schmückt doch die grünenden Thale,
  Die lieblich gewunden der Devon durchrollt.

Wie lang und traurig ist die Nacht.

Wie lang und traurig ist die Nacht
  Fern von der Liebsten Armen!
Wie müd ich bin, es will der Schlaf
  Sich nimmer mein erbarmen.
Wie müd ich bin, es will der Schlaf
  Sich nimmer mein erbarmen.

Ach! denk' ich an die selige Zeit
  In meiner Liebsten Armen,
Und nun, getrennt durch Länder weit —
  O es ist zum Erbarmen!
Und nun, getrennt durch Länder weit — —
  O es ist zum Erbarmen!

Wie langsam schleicht ihr Stunden hin,
　　Als wärt ihr müd, ihr armen,
Und schwandet doch so schnell, als ich
　　Lag in der Liebsten Armen,
Und schwandet doch so schnell, als ich
　　Lag in der Liebsten Armen.

————

Froh und froh und frei war sie.

Froh und froh und frei war sie,
　　Froh war sie allemal,
Froh am Uferrand des Ern
　　Und froh im Glenturit-Thal.

Bei Auchtertyre die Eiche wächst,
　　Am Yarrowstrand die Birken stehn,
Doch Phemie war ein schöner Kind,
　　Als Yarrow's Hügel je gesehn.

Der Blum' im Mai ihr sanfter Blick,
　　Dem Morgenroth ihr Lächeln gleicht,
Sie trippelt an dem Rand des Ern,
　　Wie wenn durch's Laub ein Böglein streicht.

Ihr holdes Antlitz war so sanft
　　Wie auf dem Hügel nur ein Lamm,
Und süßer als das Abendroth
　　Der Glanz, der ihr im Auge schwamm.

Des Hochlands Hügel kenn' ich all,
　　Das Tiefland hab' ich oft durcheilt;
Doch Phemie war die frohste Maid,
　　Die je im grünen Thal geweilt.

Froh und froh und frei war sie,
Froh war sie allemal,
Froh am Uferrand des Ern
Und froh im Glenturit=Thal.

Ein Rosenknöspchen jüngst ich sah.

Ein Rosenknöspchen jüngst ich sah,
Dem kornumschloßnen Raine nah;
Mit dornigem Stengel stand es da
    Froh im bethauten Morgen.
Eh noch die Dämm'rung zweimal schwand,
In rother Pracht das Röslein stand
Und Duft aus thauigem Kelche sandt'
    Hinaus dem frühen Morgen.

Aus seinem Nest, im Busch versteckt,
Ein Hänfling froh sein Köpfchen reckt,
Die Brust von kühlem Thau bedeckt,
    Am frühen frühen Morgen.
Er sieht wohl seine Kindlein bald,
Den Stolz, die Lust vom ganzen Wald,
Von frischem grünem Laub umwallt
    Erwecken früh den Morgen.

So du, lieb Vöglein, Jeany, auch!
Du dankst mit Sait' und Liebeshauch
Bald süß dem liebevollen Aug',
    Das hütet deinen Morgen.
So wirst du, Rosenknospe, blühn
In Schönheit licht im Tagesglühn,
Vergeltend deiner Eltern Mühn,
    Die dich bewacht am Morgen!

Wo trotzend winterlichem Nord.

Wo, trotzend winterlichem Nord,
   Sich luftige Wälder heben,
In ihrem Schatten saß ich dort
   Peggy zuerst, mein Leben;
Wie einer, der am Stromesrand,
   In wilder Einsamkeit,
Die strahlenhellste Perle fand,
   Ihr doppelt Werth verleiht.

Gesegnet sei die Schattennacht,
   Gesegnet Tag und Stunde,
Wo ich, dem Peggy's Reiz gelacht,
   Zuerst gefühlt die Wunde!
Ob Tod, der grimmige Tyrann,
   Mit meinem Ende droht —
Wer meiner Brust sie rauben kann,
   Muß stärker sein als Tod.

Tibbie Dunbar.

O willst du mit mir gehn,
   Liebe Tibbie Dunbar?
O willst du mit mir gehn,
   Liebe Tibbie Dunbar?
Willst reiten ein Roß
   Oder fahren du gar
Oder gehn mir zur Seite,
   Liebe Tibbie Dunbar?

Was schert mich dein Vater,
　　Sein Land und sein Geld,
Die werthe Verwandtschaft,
　　Wie stolz sie sich stellt.
Doch sage, du willst,
　　Daß wir werden ein Paar —
O komm dann im Warprock,　　·
　　Liebe Tibbie Dunbar!

Nehmt euch vor Ann' in Acht.

Ihr Burschen gut, seid auf der Hut,
　　Nehmt euch vor Ann' in Acht.
Wie sanft sie blickt, das Herz bestrickt
　　Euch ihrer Schönheit Macht.
Ihr Augenpaar wie Sterne klar,
　　Der Teint von schnee'ger Pracht,
Kein Schwan so blank, die Hüften schlank,
　　Daß das Herz im Leib euch lacht.

Lieb', Anmuth, die begleiten sie,
　　Und Freude führt die Fahn'.
All ihre Kraft, die Zauber schafft,
　　Ist Anna unterthan.
Der Fessel Band drückt nur die Hand,
　　Zum Knecht macht Liebeswahn;
Drum, Burschen gut, seid auf der Hut,
　　Schön Anna euch zu nahn!

Der Gärtner mit der Hacke.

Wenn, Blumen streuend nah und weit,
Der Mai den Auen Schmuck verleiht,
Dann hat er keine Stunde Zeit,
    Der Gärtner mit der Hacke.
Hell rauscht der sanfte Wasserfall,
Von Liebe jauchzt der Vöglein Schall,
Duft athmet dann allüberall
    Der Gärtner mit der Hacke.

Wenn kaum des Morgens erstes Grau
Den diebischen Hasen treibt zur Au,
Dann wandert heim im Morgenthau
    Der Gärtner mit der Hacke.
Wenn fern im West der Abend warm
Zur Ruhe wiegt den lauten Schwarm,
Dann fliegt er in der Liebsten Arm,
    Der Gärtner mit der Hacke.

Die blühnde Nelly.

Am blumigen Strand, am Sommertag,
    Im leichten Sommerkleid,
Die junge blühnde Nelly lag,
    Dem Schlummer süß geweiht;
Als Willie just im Wald sie fand,
Er war ihr lange nachgerannt;
Er sah und wünscht' und wurde roth
Und bebte, wo er stand.

Ihr Auge zu, dem Schwerte gleich,
    Das in der Scheide ruht;
Die Lippe, süßen Hauches reich,
    Besiegt der Rose Glut.
Die Lilienknospe unbewußt
Küßt ihr die lilienweiße Brust;
Er sah und wünscht' und wurde roth
    Vor glühnder Liebeslust.

Ihr Kleid, bewegt vom leisen Wind,
    Umschloß nur lose sie;
Da lag das liebe süße Kind,
    Ganz Lust und Harmonie.
Ihm springt das Herz im Leibe schier,
Ein heißes Küßchen stiehlt er ihr;
Er sah und wünscht' und wurde roth
    Und seufzte vor Begier.

Und wie das Rebhuhn von der Brach'
    Entfliegt, von Furcht beschwingt,
Fährt Nelly auf, und, halb erst wach,
    Erschreckt sie ihm entspringt.
Doch Willie folgte hinterdrein
Und holt' im Walde bald sie ein;
Er schwur und bat und fand die Maid
    Gar willig zu verzeihn.

———

Mir glüht die Brust.

Mir glüht die Brust, der Tag voll Lust,
    Wo wir uns fanden, kehrt zurück;
Ob Sturm und Frost die Welt durchtost,
    Kein Sommertag gab so viel Glück.

Was Gold und Gut, auf tiefer Flut
 Geführt aus heißem Himmelsstrich;
Was Königspracht, was Kron' und Macht!
 Gott gab mir mehr — er gab mir dich!

Was Nacht und Tag auch bringen mag,
 Was Wonnen auch Natur uns gibt,
So lang die Brust schwellt Lebenslust,
 Bist du allein von mir geliebt!
Wenn einst erscheint des Lebens Feind
 Und schafft uns bittrer Trennung Schmerz,
Die Eisenhand, die bricht dies Band,
 Sie bricht mein Glück, sie bricht mein Herz.

Mein Lieb ist noch ein Mädchen klein.

Mein Lieb ist noch ein Mädchen klein,
 Mein Lieb ist noch ein Mädchen klein;
Steht es ein Jährchen oder zwei,
 Wird es nicht halb so treulos sein.
Verflucht der Tag, wo ich sie sah,
 Verflucht der Tag, wo ich sie sah!
Wer sagt, er habe sie gefreit?
 Er hat sie sich gekauft — haha!

Kommt, einen Zug vom besten noch!
 Kommt, einen Zug vom besten noch!
Sucht, wo ihr wollt, euch eure Lust,
 Hier fand ich sie noch immer doch!
Die Kehl' ist trocken — eingeschenkt!
 Die Kehl' ist trocken — eingeschenkt!
Der Pfaffe küßt des Fiedlers Weib,
 Die Predigt stockt, wenn er dran denkt.

Abschied von Mary.

Nun holt mir eine Kanne Wein,
   Von Silber soll der Becher blinken,
Noch einmal, eh ich scheiden muß,
   Du holde Maid, dein Wohl zu trinken.
Es harrt das Boot am Damm von Leith,
   Wild peitscht der Wind die Wogenmassen;
Am Baume drüben liegt mein Schiff,
   Und ich muß, Mary, dich verlassen.

Die Trommel tönt, das Banner fliegt,
   Und Herzen schlagen todesmuthig;
Fern hallt der Klang von Kriegsgesang,
   Die Schlacht beginnt gedrängt und blutig.
Nicht laute Schlacht noch Seesturm macht,
   Daß ich mich nicht vermag zu fassen,
Nicht ferner Klang von Kriegsgesang,
   Nein! daß ich, Mary, dich muß lassen.

Von allen Winden, die da wehn.

Von allen Winden, die da wehn,
   Lieb' ich zumeist den West,
Im Westen lebt die holde Maid,
   Von der mein Herz nicht läßt.
Das Laub entsprießt, das Bächlein fließt,
   Von Hügeln rings umlacht;
Zu Jeannie hin fliegt all mein Sinn
   Und Träumen Tag und Nacht.

4 *

Sie seh' ich in der Blumen Thau,
   Sie seh' ich süß und schön,
Sie hör' ich in der Vöglein Sang
   Herab von lustigen Höhn.
Kein holdes Blümchen, das entspringt,
   Am Quell, im Busch, im Thal,
Kein holdes Vöglein, das da singt —
   An sie mahnt's allzumal.

Die Mädchen an dem Strand des Clyde
   Sind schön geputzt und drall;
Doch tragen sie ihr bestes Zeug,
   Meine Jeannie schlägt sie all.
Im schlichten Kleid besiegt sie weit
   Die Schönste von der Stadt;
So Jung wie Alt gesteht das bald,
   Wer sie gesehen hat.

Das Lamm voll Lust an Mutterbrust
   Kann nicht unschuldiger sein:
Ihr einziger Fehl, bei meiner Seel',
   Wär' ihre Lieb' allein.
Ihr Augenpaar, so hell und klar
   Wie Thau, an Glanze reich;
An Huldgestalt ist niemand halt
   Der süßen Jeannie gleich.

O wehe, Westwind, wehe sanft
   Im schattenreichen Hain;
Im Abendstrahl bring aus dem Thal
   Das fleißige Bienchen heim.
Und bring mein Mädchen mir zurück,
   Mein Mädchen schmuck und drall;
Ihr Lächeln weich bannt Sorge gleich,
   Ihr Zauber wirkt das all.

Der Hügel dort manch Liebeswort
　Von mir und ihr vernahm!
Wie that uns weh das letzt' Ade,
　Ach! als der Abschied kam.
Dem Herrn allein kann kundig sein,
　Der Höhn und Tiefen mißt,
Daß nichts so werth mir auf der Erd'
　Als meine Jeannie ist.

O wär'· ich auf Parnassus' Höhn.

O wär' ich auf Parnassus' Höhn,
Wie andre wahre Musensöhn';
Ich lernte dann zu singen schön
　Von meiner treuen Liebe.
Doch nun muß, mit dem Rith begnügt,
Die Muse singen, wie sich's fügt;
Auf Corsincon sitz' ich vergnügt
Und schreibe meine Liebe.

Komm, Mus', entflamme meinen Sang!
Drei ganze Sommertage lang
Singt nimmer aus des Liebes Klang
　All meine treue Liebe.
Ich seh' mein Lieb beim Tanz im Grün,
Die Hüften schlank, den Leib erblühn,
Die Lippen roth, die Augen glühn —
　O Gott! wie ich sie liebe!

Im Feld, daheim, bei Tag und Nacht,
Hab' ich an nichts als dich gedacht;
Stets sing' ich deiner Reize Macht,
　Ich lebe nur der Liebe.

Und ob ich gleich verurtheilt wär',
Zu wandern über Land und Meer,
Bis meines Lebens Sanduhr leer —
So lang währt meine Liebe.

———

O wär' mein Lieb die Fliederblüth.

O wär' mein Lieb die Fliederblüth',
Erblühend hell im Frühlingshauch,
Und ich das Vögelein, das müd
Geworden schlief' im duftigen Strauch!

Wie trüg' ich Leid, wenn Winterszeit
Und Herbstessturm sein Laub zerstreut!
Wie säng' ich dann, wie spräng' ich dann,
Wenn es der junge Mai erneut!

O wär' mein Lieb das Röslein fein,
Das auf dem Schloßwall blüht in Luft,
Der Tropfen Thau dann möcht' ich sein,
Der ruht' an seiner holden Brust!

Wie endlos selig und beglückt,
Wenn ich die Nacht sie herzen müßt',
An seidenweiche Brust gedrückt,
Bis mich die Sonn' hinweggeküßt!

———

John Anderson, mein Herz.

John Anderson, mein Herz, John,
    Als ich zuerst dich sah,
Wohl rabenschwarz war da dein Haar,
    Die Brauen buschig da.
Nun sind die Brauen kahl, John,
    Das Haar wie Schnee im März;
Doch Segen auf dies greise Haupt,
    John Anderson, mein Herz.

John Anderson, mein Herz, John,
    Wir klommen Hügel auf,
Und manchen frohen Tag, John,
    Bracht' uns des Lebens Lauf.
Nun wackeln Hand in Hand, John,
    Wir beide niederwärts,
Und schlafen an des Hügels Fuß,
    John Anderson, mein Herz.

Klage,

als der Dichter im Begriff war Schottland zu verlassen.

Ich schweif' über Klippen, umwölkte und rauhe,
    Wo winterlich heulen die Stürme voll Wut,
Weh wird mir im Herzen, wenn drunten ich schaue
    Des Sturmes Gebraus an dem Busen der Flut.

Ihr schäumenden Wogen, o lasset mich klagen,
    Eh ich auf euch schiffe, der Heimat so fern:
Die süßeste Blume, die Schottland getragen,
    Meine Mary ist hin, meine Lust und mein Stern.

Nicht wandern am Rande des Flüßchens wir wieder
Und sehn auf den Mond darin schäkernd hinab,
Nicht schling' ich den Arm mehr ihr zärtlich um's Mieder,
Kalt rieselt der Morgenthau ihr auf das Grab.

Nicht mehr wird die Liebe das Herz mir erwärmen,
    Zu fernem Gestad tragen Stürme mich nun:
Dort werd' ich, ach! freudlos zu Tode mich härmen,
Und freundlos und fremd in der Erde dort ruhn.

An Mary im Himmel.

Noch säumst du, Stern, mit mattem Strahl,
    Dem Morgenroth voranzuziehen,
Bringst wieder mir den Tag einmal,
    Der mir vom Herzen riß Marien.
O theurer Schatten, o Marie,
    Wo weilst du jetzt in seliger Lust?
Siehst du den Liebsten trauern hie?
    Hörst du die Seufzer seiner Brust?

Den Tag vergeß' ich nimmermehr,
    Den heiligen Hain, ach! wo wir beiden
Uns trafen am gewundnen Ayr,
    Ein Tag zu lieben — und zu scheiden.
Nein! keine Ewigkeit erstickt
    Mir der Erinnrung Hochgenuß,
Wie sie beim letzten Kuß geblickt —
    Wer dacht', es wär' ein letzter Kuß?

Der Fluß sein Ufer küßte leis,
    Den wilde Wälder dicht umblühen,
Und Birk' und Hagdorn blüthenweiß
    Umschlangen sich in Liebesglühen.

Die Knospe schwoll vor Lieb' im Hag,
　　Der Vogel sang von Lieb' im Nest,
Bis, ach! zu bald den flüchtigen Tag
　　Zum Schlummer rief der glühnde West!

Auf jenem Tag voll Lust und Leid
　　Weilt stets mein Geist in trübem Sinnen.
Nur tiefer macht den Gram die Zeit,
　　Gleich wie der Strom die Wasserrinnen.
O theurer Schatten, o Marie,
　　Wo weilst du jetzt in seliger Lust?
Siehst du den Liebsten trauern hie?
　　Hörst du die Seufzer seiner Brust?

Das blauäugige Mädchen.

Ging gestern eine böse Bahn,
　　Hatt' gestern eine böse Schau;
Den Tod mir haben angethan
　　Zwei Aeuglein süß, zwei Aeuglein blau.
Nicht war's der Locken goldner Preis,
　　Die Lippe nicht, die Ros' im Thau,
Auch nicht der Busen lilienweiß —
　　Es war ihr Aeuglein süß und blau.

Sie sprach und lacht', und Zaubermacht
　　Umfing mein Herz bei süßer Schau;
Mich traf zur Stund' die Todeswund'
　　Aus ihrem Aeuglein süß und blau.
Kein Trostwort hilft der Liebesnoth;
　　Vielleicht daß meinem Schwur sie trau' —
Verstößt sie mich, seid ihr mein Tod,
　　Zwei Aeuglein süß, zwei Aeuglein blau.

Ja du bist schön, ich will's gestehn.

Ja du bist schön, ich will's gestehn
    Und wär' in dich zum Tod verliebt,
Wüßt' ich nicht, daß dein Herz dem Flehn
    Jedweder Lieb' Erhörung gibt.
An Huld, gesteh' ich, bist du reich,
    Doch so verschwendrisch ist dein Herz,
Und deine Gunst dem Winde gleich,
    Der buhlt und küsset allerwärts.

Sieh jene Rosenknospe dort,
    Wie hängt sie schüchtern an dem Strauch
Man stößt sie wie ein Unkraut fort,
    Wenn sie verschwendet Duft und Hauch.
So kann es dir in kurzem gehn;
    Wie hold jetzt deine Wange glüht,
Man wird dich bald verworfen sehn,
    Wie schlechtes Kraut, das abgeblüht.

Ihr grünenden Hügel

Ihr grünenden Hügel, so luftig und weit,
Es nährt euer Busen die Jugend des Clyde.
Das Birkhuhn nach Nahrung die Haide durchstreift,
Der weidende Schäfer ein Liedchen sich pfeift.
    Das Birkhuhn nach Nahrung die Haide durchstreift,
    Der weidende Schäfer ein Liedchen sich pfeift.

Nicht der sonnige Forth, nicht Gowrie's Gefild
Bezaubert mich so, wie ihr Berge so wild,
Denn dort an des Bächleins bescheidenem Saum
Wohnt ein liebliches Kind, mein Gedank' und mein Traum.
 Denn dort an des Bächleins bescheidenem Saum
 Wohnt ein liebliches Kind, mein Gedank' und mein Traum.

Du wildes Gebirge, dich lieb' ich zumal,
Wo Bächlein durchschäumen das grünende Thal,
Denn tagelang streif' ich dort hin mit der Maid,
Und achtlos entflieht uns beim Kosen die Zeit.
 Denn tagelang streif' ich dort hin mit der Maid,
 Und achtlos entflieht uns beim Kosen die Zeit.

Sie ist nicht die Schönste, und schön ist sie doch,
Es beugte sie wenig die Schul' in ihr Joch;
Die Eltern so arm, wie es wenige gibt,
Doch lieb' ich das Mädchen, weil sie mich so liebt.
 Die Eltern so arm, wie es wenige gibt,
 Doch lieb' ich das Mädchen, weil sie mich so liebt.

Der Schönheit muß jeglicher geben den Kranz,
Erröthen und Seufzen erhöht ihren Glanz;
Und schärfen die Pfeile der Witz und der Scherz,
Sie blenden das Aug' und verwunden das Herz.
 Und schärfen die Pfeile der Witz und der Scherz,
 Sie blenden das Aug' und verwunden das Herz.

Doch Sanftmuth und Güt' in dem Auge voll Glanz,
Dagegen verschwindet die Pracht des Demants,
Und die klopfende Liebe, drück' ich sie an's Herz,
Das, das ist der Zauber, der siegt allerwärts.
 Die klopfende Liebe, drück' ich sie an's Herz,
 Das, das ist der Zauber, der siegt allerwärts.

Nicht ist's dein hübsches Angesicht.

Nicht ist's dein hübsches Angesicht,
    Was ich bewundr' an dir,
Wenn, Jeannie, auch — ich leugn' es nicht —
    Die Schönheit weckt Begier.
Zu Preis und Liebe Stoff an dir
    Find' ich wohl allerwärts;
Doch theurer als die Form ist mir,
    O Jeannie, doch dein Herz.

Der stärkste tiefste Wunsch, den ich
    Mir fühl' im Busen wehn:
Kann ich nicht glücklich machen dich,
    Mög' ich dich glücklich sehn.
Zufrieden, wenn der Himmel zollt
    Dir ewig Morgenroth,
Und, wie ich mit dir leben wollt',
    Trüg' ich für dich den Tod.

O saht ihr mein Lieb.

O saht ihr mein Lieb, meine Eppie M'Nab?
O saht ihr mein Lieb, meine Eppie M'Nab?
Am schattigen Ort da küßt sie den Lord,
Sie will nicht zurück zu ihrem Jock Nab.

O komm doch zu mir, meine Eppie M'Nab!
O komm doch zu mir, meine Eppie M'Nab!
Hast du mich verletzt, ob einst oder jetzt,
Bist immer willkommen bei deinem Jock Nab.

Was sagt sie, mein Lieb, meine Eppie M'Nab?
Was sagt sie, mein Lieb, meine Eppie M'Nab?
Sie entbietet dir her, sie will dich nicht mehr,
Auf immer verschmäht sie dich, ihren Jock Nab.

O hätt' ich dich nie gesehn, Eppie M'Nab!
O hätt' ich dich nie gesehn, Eppie M'Nab!
So leicht wie ein Hauch, und so lieblich doch auch,
Gebrochen das Herz hast du deinem Jock Nab.

***

Niedlich Schätzchen.

Niedlich Schätzchen, feines Kätzchen,
    Süßes Mätzchen, wärst du mein,
Wollte tragen dich im Herzen,
    Solltest sein mein Edelstein.
Schmachtend schau' ich und voll Sehnen
    In das liebe Antlitz dein,
Und mein Auge füllen Thränen,
    Daß du, Schätzchen, nicht bist mein.

Anmuth, Schönheit, Geist verklären
    Dich in innigem Verein:
Muß ich dich denn nicht verehren,
    Göttin du der Seele mein?
Niedlich Schätzchen, feines Kätzchen,
    Süßes Mätzchen, wärst du mein,
Wollte tragen dich im Herzen,
    Solltest sein mein Edelstein.

Noch ein Kuß.

Noch ein Kuß — dann sei geschieden!
Letztes Lebewohl hienieden!
Dir verpfänd' ich Herzensthränen,
Dir verbürg' ich Klag' und Sehnen.
Wer ist, der sich elend däuchte,
Strahlt ihm noch der Hoffnung Leuchte?
Mir, ach! kann kein Stern mehr funkeln,
Den Verzweiflungsnächt' umdunkeln.

Nicht beklag' ich, was geschehen —
Wer kann Nancy widerstehen?
Sie zu sehn hieß glühn für immer,
Lieben nur und lassen nimmer.
Liebten wir uns nicht so herzlich,
Schieden wir uns nicht so schmerzlich;
Hätten wir uns nie gesprochen,
Wär' uns nie das Herz gebrochen.

Lebe wohl, du süße Eine,
Lebe wohl, du einzig Meine!
Dein mög' alles Glück auf Erden,
Liebe, Freude, Friede werden!
Noch ein Kuß — dann sei geschieden!
Letztes Lebewohl hienieden!
Dir verpfänd' ich Herzensthränen,
Dir verbürg' ich Klag' und Sehnen.

Jung Davies.

O wie soll ich Künstloser mich
    An Dichterkünste wagen,
Machtvollen Klang und hohen Sang,
    Von Himmelsglut getragen?
Zu höhrem Ziel müßt' ich das Spiel
    Der Saiten lassen dringen,
In stolzem Lied, das Glut durchzieht,
    Jung Davies' Reize singen.

Jed' Aug' ist hell, wenn sie zur Stell',
    Gleich wie die Morgensonne
Nach Regenflut mit sanfter Glut
    Der Welt gibt neue Wonne.
Dem Armen gleich, der trüb und bleich
    Weilt in Sibiriens Haiden,
Zagt jedes Herz, wenn wir mit Schmerz
    Jung Davies sehen scheiden.

Ihr Lächeln hell, dem Himmelsquell
    Entstammt, kann reich beglücken;
Ihr Blick schon kann den seligen Mann
    Wie einen König schmücken.
Des Kriegers Wehr frommt hier nicht mehr,
    Er stürzt in ihre Schlingen;
Er küßt das Band, in das die Hand
    Jung Davies' ihn kann zwingen.

Doch wie mein Lied den Stoff besieht,
    Muß es daran verzagen;
Der Aar allein vermag den Schein
    Der Sonne zu ertragen.

Umsonst, daß ich hier quäle mich,
    Es will mir nicht gelingen.
Stumm staun' ich an: die Leier kann
    Jung Davies nicht besingen.

Mein Köhlerknabe.

Wo wohnest du, mein hübsches Kind,
    Wie magst du Namen haben?
Ich heiße, sprach sie, Mistreß Jean
    Und gehör' dem Köhlerknaben.
Ich heiße, sprach sie, Mistreß Jean
    Und gehör' dem Köhlerknaben.

Siehst du die Thäler dort und Höhn,
    Im Sonnenglanz begraben?
Sie all sind mein und werden dein,
    Läßt du vom Köhlerknaben.

Du sollst geputzt und prächtig gehn
    Und schöne Kleider haben,
Und zwei Lakain zu jeder Hand,
    Läßt du vom Köhlerknaben.

Und bölst du, was der Tag bescheint,
    Die Tiefe mag begraben,
Den Rücken kehrt' ich alle dem
    Und küßte meinen Knaben.

Fünf Pence verdien' ich jeden Tag,
    Mich Nachts damit zu laben;
Mein Bett mach' ich im Winkel mir
    Bei meinem Köhlerknaben.

Wir handeln Lieb' um Liebe nur,
    Obgleich wir ein Hüttchen nur haben;
Die Welt vor mir gewährt mir Brod
Und meinem Köhlerknaben.
Die Welt vor mir gewährt mir Brod
Und meinem Köhlerknaben.

Das Sträußchen.

O Liebe schleicht sich ein,
    Wo niemand sie kann sehn,
O Liebe schleicht sich ein,
    Mag Klugheit Wache stehn;
Doch ich will dort den Bach hinab
    Zum grünen Walde gehn —
Und will ein Sträußchen pflücken
    Für meine theure Maid.

Die Primel will ich pflücken,
    Die frühste Blum' im Jahr,
Und will die Nelke pflücken,
    Der gleicht sie ganz und gar;
Sie ist die Nelke aller Frau'n,
    Man fände nicht solch Paar —
Und alles zu dem Sträußchen
    Für meine theure Maid.

Ich will die Rose pflücken
    Im Morgensonnenschein;
Sie gleicht dem Balsamkusse
    Von ihrem Mündelein;
Die blaue Hyacinthe soll
    Der Treue Sinnbild sein —
Und alles zu dem Sträußchen
    Für meine theure Maid.

5

Nun komm, du schöne Lilie,
 Du Lilie hold und rein;
An ihrem holden Busen
 Da sei das Plätzchen dein;
Das Maßlieb soll der Einfachheit,
 Der Reinheit Sinnbild sein —
Und alles zu dem Sträußchen
 Für meine theure Maid.

Den Weißdorn will ich pflücken,
 In Locken silbergrau
Steht er gleich einem Greise
 Im frischen Morgenthau.
Ich schon' im Busch des Hänflings Nest,
 Den zierlich kleinen Bau —
Und alles zu dem Sträußchen
 Für meine theure Maid.

Das Geisblatt will ich pflücken,
 Wenn nah der Abendstern;
Thautropfen gleicht ihr Auge,
 Das leuchtet nah und fern;
Das Veilchen auch, der Demuth Bild,
 Gebührt ihr gut und gern —
Und alles zu dem Sträußchen
 Für meine theure Maid.

Ich will das Sträußchen binden
 Mit seidnem Liebesband;
Ich steck's ihr an den Busen,
 Zum Schwur heb' ich die Hand:
Daß bis zum letzten Hauche
 Uns eine dieses Band —
Und das wird sein ein Sträußchen
 Für meine theure Maid.

Das Landmädchen.

Im Sommer war's, das Heu gemäht,
    Das Korn im Felde wogte grün,
Wenn blumenvoll der Hügel steht,
    In jedem Garten Rosen blühn;
Schön Bessie bei dem Melkfaß saß:
    „Ich heirat', es ergeh' wie's will."
Da rieth ihr eine Alte baß:
    „Sitz lieber noch ein Weilchen still.

Hast ja so manchen Freiersmann,
    Und bist ja noch ein junges Blut.
Wart' etwas noch, so kriegst du dann
    Die Hüll' und Fülle Geld und Gut.
Da ist Johnnie aus dem Buskiethal,
    Hat dreißig Küh', ein schönes Gut;
Den überleg' dir doch einmal:
    Der Reichthum schürt der Liebe Glut."

Um Johnnie aus dem Buskiethal
    Scher' ich mich nicht und um sein Geld;
Er liebt nur Küh' und Korn zumal,
    Zur Lieb' er keine Zeit behält.
Doch Robie's Auge glänzt so licht,
    Auch kenn' ich seiner Liebe Glut;
Ein Blick von ihm, den gäb' ich nicht
    Für Buskiethal und all sein Gut.

„Leichtsinnig Ding, das Leben ist
    Ein steter Kampf, ein steter Streit;
Mit voller Hand da kämpft sich's gut,
    Doch Hungersorg' ist bittres Leid.

Doch der gibt aus, und der nimmt ein,
　　Den Eigensinn bekehrt man nicht.
Und wie du's einbrockst, Mägdelein,
　　So mußt du essen das Gericht."

O, Geld erkauft mir Wald und Feld,
　　Und Geld erkauft mir Schaf' und Küh',
Allein ein liebend treues Herz
　　Kauft Silber nicht trotz aller Müh'.
Wie arm wir sind, ich und Robie,
　　Die Last der Liebe trägt sich schon,
Und Fried' und Freude fehlt uns nie —
　　Hat mehr ein König auf dem Thron?

———

An Elise.

Wend', Elise, dich noch einmal!
　　Einen Blick noch, eh ich geh',
Dem verzweifelnden Geliebten!
　　Brechen soll sein Herz vor Weh?
Wend', Elise, dich noch einmal!
　　Ob auch längst die Liebe schwand,
Hüll' erbarmend deinen Richtspruch
　　In der Freundschaft mild Gewand.

Dich hab' ich beleidigt, Mädchen?
　　Fehlt' ich, war's, daß ich geliebt.
Kannst du dessen Frieden tödten,
　　Der für dich sein Leben gibt?
O, so lang im Busen Leben,
　　Bleibst mir ewig theuer du;
Wende dich noch einmal, Mädchen,
　　Lächle mir noch freundlich zu.

Nicht die Biene, die auf Blumen
 Froh am Sonnentage wohnt,
Nicht die muntern kleinen Elfen
 Unter'm sommerlichen Mond,
Nicht der Dichter, dessen Auge
 Träumerisch zu leuchten liebt,
Kennt die Freude, fühlt die Wonne,
 Die mir deine Nähe gibt.

Die Ufer des Doon.

Du Uferrand des schönen Doon,
 Wie frisch und hold hier alles blüht!
Wie könnt ihr Vöglein singen doch,
 Und, ach! mein Herz so trüb und müd!
Du schmetternd Vöglein, das sich freut
 Im Blüthenhag, machst es mir schwer;
Du mahnst mich an entflohnes Glück,
 Entflohn — auf Nimmerwiederkehr!

Oft wandert' ich am schönen Doon,
 Wo Ros' und Geißblatt sich umschlang,
Ein jeder Vogel sang von Lieb',
 Und auch die meine ward Gesang.
Die süße Rose pflück' ich ab
 Vom Dorn, das Herz voll Liebesglück;
Die Rose stahl mein falsches Lieb
 Und ließ mir, ach! den Dorn zurück!

Lady Anne Marie.

Lady Anne Marie
    Schaut über des Schlosses Wall,
Sie sah drei Knaben jung
    Spielen mit dem Ball.
Der jüngste darunter
    Ueberstrahlt sie all —
„Mein schmucker Bursch ist jung,
    Doch er wächst schon noch.

O Vater, o Vater,
    Erscheint es dir gut,
Wir senden zur Schule
    Ein Jahr das junge Blut.
Wir nähn ihm ein grünes
    Band um den Hut;
Daß er verlobt ist,
    Weiß man dann doch.“

Lady Anne Marie
    Hat der Blumen Art,
Ihr Duft war süß
    Und ihre Farbe zart.
Je länger sie blühte,
    Je süßer sie ward;
Denn die Lilienknospe
    Wird hübscher noch.

Jung Charlie Cochrane
    War ein Eichenstamm,
Schmuck und blühend
    Und stark und stramm.

Gern läßt ihm leuchten
      Die Sonn' ihre Flamm',
Und er wird die Zier
      Des Waldes noch.

„Der Sommer ist dahin,
      Wo das Laub war grün;
Die Tage sind vorbei,
      Wo Blumen blühn;
Doch schönere Tage
      Werden erglühn —
Mein schmucker Bursch ist jung,
      Doch er wächst schon noch."

Zieh leis, holder Afton.

Zieh leis, holder Afton, am grünenden Ried,
Zieh leis und zum Preis laß dir singen ein Lied;
Es schläft meine Mary am murmelnden Saum —
Zieh leis, holder Afton, nicht stör' ihren Traum.

Du Täubchen, deß Echo im Walde dort klingt,
Du Amsel, die fröhlich im Dornbusche singt,
Grünbuschiger Kibitz, dir mach' ich's zur Pflicht,
O störe den Schlummer der Liebsten mir nicht.

Hoch ragen die Hügel am Afton empor,
Draus quillt manch geschlängeltes Bächlein hervor;
Dort wander' ich täglich zu Mittag hinaus,
Den Blick auf die Heerd' und der Lieblichen Haus.

Wie schön deine Ufer, die Thäler wie grün,
Wo wild in dem Walde die Primeln erblühn!
Oft, wenn auf die Wiese der Abendthau weint,
Beschattet die Birke uns beide vereint.

Dein helles Gewässer, wie lieblich es fließt,
Die Hütte von Mary geschlängelt umschließt!
Wie kost deine Well' ihr den schneeigen Fuß,
Wenn, Blumen sich pflückend, sie nahet dem Fluß!

Zieh leis, holder Afton, am grünenden Ried!
Zieh leis, holdes Bächlein, dir sing' ich dies Lied!
Es schläft meine Mary am murmelnden Saum —
Zieh leis, holder Afton, nicht stör' ihren Traum.

Mit Lächeln kommt der Lenz gezogen.

Mit Lächeln kommt der Lenz gezogen,
    Des grimmen Winters Macht zerfällt;
Krystallhell ziehn der Bächlein Wogen,
    Blau lacht das sonnige Himmelszelt.
Vom Berge steigt der Morgen nieder,
    Der Abend färbt mit Gold den Quell,
Und alles jauchzt: der Lenz kommt wieder,
    Und mich freut meine holde Bell.

Auf blühnden Lenz kommt heißer Sommer,
    Der falbe Herbst folgt dessen Pfad;
Dann kehrt der düstre Winter wieder,
    Bis lächelnd neu der Frühling naht.
Ob Jahr und Leben sich erneue,
    Natur und Zeit auch wechseln schnell,
Doch wandelos mit gleicher Treue
    Verehr' ich meine holde Bell.

So schön und falsch.

So schön und falsch — das macht mir Schmerz;
   Sie liebt' ich inniglich,
Sie brach die Treu und brach mein Herz:
   Nun geh und hänge dich.
Ein mächtig reicher Dummkopf kam,
Der mir mein liebes Liebchen nahm;
Doch Weiber gehn nach Geld — o Scham!
   Laß sein! sie blühte nicht für mich.

O du, der treu der Liebe bleibt,
   Bedenk es allerwärts,
'ß ist ihre Art — kein Wunder, treibt
   Ein Weib mit Treue Scherz.
O Weib, so lieblich und so hold!
Wohl ward dir Engels Form gezollt;
Zu viel, wer mehr dir geben wollt' —
   Ich mein', ein Engelherz.

Mein Lieb ist wie die Rose roth.

Mein Lieb ist wie die Rose roth,
   Die neu im Mai entsprang;
Mein Lieb ist wie die Melodie,
   Die süß im Lied erklang.

So schön du bist, du holde Maid,
   So tief bin ich besiegt;
Und lieben werd' ich dich, mein Lieb,
   Bis daß das Meer versiegt.

Bis daß das Meer versiegt, mein Lieb,
    Den Fels die Sonn' erweicht:
So lange lieb' ich dich, mein Lieb,
    So weit mein Leben reicht.

Nun lebe wohl, mein einzig Lieb,
    Leb wohl auf kurze Zeit;
Ich komme wieder, wär' ich auch
    Zehntausend Meilen weit.

Jeannie's-Herz.

Hans, was kümmr' ich mich um dich,
    Magst über mich auch scherzen?
Nennst du einen Bettler mich —
    Ich herrsch' in Jeannie's Herzen.

Macht sie mich zu ihrem Herrn
    Auf ihres Herzens Throne,
Dann verzicht' ich gut und gern
    Auf jede Königskrone.

Jung Jamie war der Stolz des Lands.

Jung Jamie war der Stolz des Lands,
Ein schmucker Bursch im Jugendglanz;
Bei allen Mädchen siegt' er gleich,
Ein König in der Liebe Reich.
Doch seufzend nun, die Thrän' im Aug',
Irrt er durch Wald und Busch und Strauch,
In felsigen Grotten und im Thal
Beweint er seiner Liebe Qual.

„Ich, der in jeder Brust gethront,
Mein Lieb gewechselt jeden Mond,
Ich glaubte nicht so nah die Zeit,
Die mich der Reue schmerzlich weiht.
Die ich verschmäht, die Mädchen sehn
Mich lachend jetzt vor Schmerz vergehn,
Weil mich verhöhnt die Schön' und heut
Wie immer sie zu sehn verbeut."

Die Maid, die mir das Bett gemacht.

Der Wintersturm blies kalt drauf los,
    Als mich mein Weg gen Norden trieb.
Schon irrt' ich in des Dunkels Schooß,
    Nicht wissend, wo die Nacht ich blieb!

Zum Glück traf ich ein Mägdelein, —
    Ich war just auf der Sorge Höhn, —
Die lud mich freundlich zu sich ein,
    Ihr Kämmerchen war schmuck und schön.

Ich dienerte gar tief der Maid
    Und dankt' ihr für die Courtoisie;
Ich dienerte gar tief der Maid,
    Mein Bett zu machen bat ich sie.

Sie macht' es breit, sie macht' es weit,
    Mit weißen Händen weich und rund;
Ihr Rosenmund kredenzte mir
    Den Wein und sprach: „nun schlaf gesund!"

Sie nahm den Leuchter in die Hand
  Und ging dann eilig aus der Thür:
Ich aber rief sie schnell zurück,
  Zu niedrig läg' ich, gab ich für.

Ein Kissen unter meinen Kopf
  Schob sie mit schuldigem Respekt;
Ich schlang den Arm um sie, mir war
  Nach einem Kuß der Wunsch geweckt.

„Nehmt eure Hand fort, junger Mann,
  Was ihr da thut, ist gar nicht fein;
Und liebt ihr nur ein bischen mich,
  O laßt mich eine Jungfer sein!"

Ihr Haar war goldnen Fäden gleich,
  Wie Elfenbein der Zähne Pracht;
Sie hatte Wangen weiß und roth,
  Die Maid, die mir das Bett gemacht.

Ihr Busen war wie frischer Schnee,
  Der doppelhüglig wonnig lacht,
Die Glieder, glattem Marmor gleich,
  Die Maid, die mir das Bett gemacht.

Ich küßt' und küßt' und küßte sie,
  Sie schwieg und seufzte schwer und bang;
An meine Seite legt' ich sie,
  Es ward ihr bis zum Tag nicht lang.

Wir standen morgens wieder auf,
  Ich dankt' ihr für die Freundlichkeit;
Da ward sie roth und seufzte tief
  Und sprach: „O weh ich arme Maid!"

Ich faßte sie und küßte sie,
  Indeß die Thrän' in's Aug' sich stahl,
Und sprach: „Mein Mädchen, weine nicht,
  Machst heut mein Bett und allemal."

Sie nahm der Mutter Leinen mit
  Und hat mir Hemden draus gemacht.
O Freud' und Segen über sie,
  Die Maid, die mir das Bett gemacht.

Die Gute hat mein Bett gemacht,
  Die Holde hat mein Bett gemacht,
Und nie vergeß' ich bis zum Tod
  Die Maid, die mir das Bett gemacht.

————

So fern und weit.

O trüb und traurig zieh' ich fort
  Um ihrethalb, so fern und weit;
Weiß nicht, was meiner wartet dort,
  Mein Heimatland so fern und weit!
Der du das All geschaffen hast
  Und auch mein Lieb, so fern und weit,
Gib Kraft, zu tragen jede Last
  Auf meinem Pfad so fern und weit.

Wie stärkt doch treue Lieb' ein Herz,
  Wie die zu ihr, so fern und weit!
Nichts heilet meiner Seele Schmerz,
  Denn sie ist, ach! so fern und weit.
Nie trifft mein Herz ein andrer Pfeil
  Als ihrer, die so fern und weit.
Mir ward das schönste Herz zu Theil,
  Ihr Herz, die, ach! so fern und weit.

————

Ich kehre stets in jene Stadt.

Ich kehre stets in jene Stadt,
    In jenen Garten grün zurück;
Ich kehre stets in jene Stadt,
    Wo Jeannie's Reize blühn, zurück.
Niemand erräth wohl weit und breit,
    Was mich führt jenen Pfad zurück;
Nur sie, die treuste schönste Maid,
    Sie lockt mich dahin grad zurück.

Sie kommt zum grünen Eichenwald
    Mit immer gleicher Treu zurück;
Seh' ich die liebliche Gestalt,
    Kehrt Liebe doppelt neu zurück.
Ich kehre stets in jene Stadt,
    In jenen Garten grün zurück;
Ich kehre stets in jene Stadt,
    Wo Jeannie's Reize blühn, zurück.

O sagt, wer lebt in jener Stadt.

O sagt, wer lebt in jener Stadt,
    Die dort im Sonnenglanze winkt?
Die schönste Frau ist in der Stadt,
    Auf die die Abendsonne blinkt.

Nun mag sie durch die Wiese gehn
    Vorüber an dem Blüthenbaum;
O selige Blumen, die da stehn,
    Gestreift von ihres Kleides Saum!

O selig Vöglein, daß ihr singt,
    Wenn Blumen blühen weit und breit;
Willkommen, Frühling, der ihr winkt,
    Du meiner Lucy liebste Zeit.

Die Sonne strahlt auf jene Stadt
    Und auf den schönen Strand des Ayr;
Doch meine Wonn' in jener Stadt
    Bist, Lucy, du, mein Engel hehr.

Ohn' ihre Lieb' ist alle Lust
    Des Paradieses für mich arm;
Doch halt' ich Lucy an der Brust,
    Dünkt Lapplands Eis mir sommerwarm.

Die Höhle würd' ein grünend Haus,
    Ob auch der Sturm die Luft durchschnaubt,
Und sie ein Blümchen, das hinaus
    Streckt sein von mir beschirmtes Haupt.

Die Süße wohnt in jener Stadt,
    Von der die Sonne scheidend flieht;
Ein holder Wesen in der Stadt
    Ihr Strahl wohl nun und nimmer sieht.

Und trübt sich meines Glückes Stern,
    Verdammt zum Leid mich die Natur,
Auf alles ja verzicht' ich gern,
    Doch meine Lucy laßt mir nur.

So lange Blut im Herzen wallt,
    Laß' ich sie nicht in Lust und Schmerz,
Denn schön wie ihre Huldgestalt
    Und treu und zärtlich ist ihr Herz.

O sagt, wer lebt in jener Stadt,
   Die dort im Sonnenglanze winkt?
Die schönste Frau ist in der Stadt,
   Auf die die Abendsonne blinkt.

Polly Stewart.

O Polly, liebe Kleine,
   O Polly, liebe Kleine,
Die Blum' im Mai hat Reize nicht,
   Die halb so süß wie deine.
Die Blume blüht, wird welk und müd
   Nach kurzem Sonnenscheine;
Doch dir verleiht Unsterblichkeit
   Die Lieb', o holde Kleine!

Wer einst nennt sein das Herzchen dein,
   Sei treu und wahr das seine,
Daß er erkennt, was sein er nennt
   In dir, du liebe Kleine!
O Polly, liebe Kleine,
   O Polly, liebe Kleine,
Die Blum' im Mai hat Reize nicht,
   Die halb so süß wie deine.

Anna.

Dein Reiz, der mir das Herz durchglimmt,
　　Thut es in Leides Bann.
Doch zur Verzweiflung, ach! bestimmt,
　　Staun' ich umsonst dich an.
Und doch, in deiner Nähe kann
　　Die Hoffnung weichen nicht:
Verzweifeln darf ja nicht der Mann,
　　Der schaut des Himmels Licht.

Cassillis' Ufer.

Nun hüllt sich Berg und Thal in Grün,
　　Der Schlüsselblume Knospe springt;
Die Böglein an dem Girvanstrom
　　Sie flattern froh und leichtbeschwingt.
O laßt mit Mary mich entfliehn
　　Zum Thale des Cassillisstrands;
Dort leuchtet mir aus Mary's Aug'
　　In mildem Schein der Liebe Glanz.

Der Mensch, dem Geld und Gut gewährt,
　　Hat oft ein Herz von Sorgen schwer;
Doch Mary — sie ist einzig mein,
　　Es gibt das Glück mir niemals mehr.
Laßt an Cassillis' Strand mich ziehn
　　Mit ihr, der ich zu eigen ganz;
Dort leuchtet mir aus Mary's Aug'
　　In mildem Schein der Liebe Glanz.

Weh ist mir das Herz.

Weh ist mir das Herz und voll Thränen der Blick;
Ach! Freude versagte mir längst das Geschick!
Verlassen und freundlos, so wandr' ich herum,
Die freundliche Stimme des Trostes ist stumm.

Hast Wonnen, o Liebe — tief hab' ich geliebt!
Hast Schmerzen, o Liebe — wie's größre nicht gibt!
In der blutenden Brust das gebrochene Herz,
Es fühlt an dem Pochen: bald aus ist der Schmerz.

O wär' ich, wo glücklich die Zeit mir entschwand,
Dort drunten am Strom, an dem grünenden Strand!
Dort wandert ja er, und dort harret er mein,
Dann würde getrocknet mein Auge bald sein.

Meine Peggy.

O meiner Peggy Huldgestalt
Erwärmt' ein Herz, das alt und kalt;
O meiner Peggy reines Herz,
Es wirkte Zauber allerwärts.
Ich lieb' ihr Engelsangesicht,
So himmlisch schön, so himmlisch licht,
Die Anmut frei von Kunst und rein —
Doch bet' ich an ihr Herz allein.

Der Rose Roth, der Lilie Weiß,
Der Glanz des Auges brennend heiß,
Wer weiß nicht, daß sie kurz nur blühn,
Wie schnell sein Zauber wird verglühn?
Die Thräne warm, der sanfte Laut,
Der edle Sinn, der Gott vertraut,
Der Blick, vor dem der Zorn zerrinnt —
Sind Reize, die unsterblich sind.

Trüber December.

Trüber December, o laß dich begrüßen,
 Laß dich begrüßen ein Herz voller Weh!
Rufst mir die Trennung zurück von der süßen
 Nancy, die nimmer, ach! wieder ich seh'.
Scheiden ist schmerzliche Lust, wo der Schimmer
 Freundlicher Hoffnung das Scheiden erhellt:
Aber, ach! herbe, zu scheiden für immer!
 Größeres Leid gibt es nicht in der Welt.

Wild wie der Sturm, der die Wälder entblättert,
 Bis er das Sommerlaub streut über's Land,
So ist der Sturm, der das Herz mir zerschmettert,
 Seit jeder Trost, jedes Hoffen mir schwand!
Trüber December, ich will dich begrüßen,
 Will dich begrüßen, das Herz voller Weh;
Rufst mir die Trennung zurück von der süßen
 Nancy, die nimmer, ach! wieder ich seh'!

Mylady's Kleid, 'ne Gehr' ist dran.

Chorus.

Mylady's Kleid, 'ne Gehr' ist dran,
Und Blumen goldesschwer daran,
Doch Jenny hat 'nen kurzen Rock,
Und Mylord denkt viel mehr daran.

Mylord ging heut zu jagen aus,
Doch Hund und Falke blieb zu Haus;
Sein Wild bei Colin's Hütte steht,
Wenn Colin's Jenny dorten geht.

Mylady die ist roth und weiß,
Caffillis' Stamm entsproß ihr Reis;
Doch nur ihr Land und nur ihr Geld
Ist's, was dem Lord an ihr gefällt.

Dort überm Moor, dort überm Moos,
Wo's Birkhuhn nistet sorgenlos,
Da blüht alt Colin's holde Ros',
Ein Blümlein in der Wildniß Schooß.

Sie regt den schlanken Leib so leis
Wie eine sanfte Liebesweis';
Im Auge blau der Demantthau
Gibt ihr der Liebe schönsten Preis.

Mylady trägt ein schönes Kleid,
Dem Ost und Westen Schmuck verleiht,
Doch nur die herzgeliebte Maid
Gibt einem Mann die Seligkeit.

Mylady's Kleid, 'ne Gehr' ist dran,
Und Blumen goldesschwer daran,
Doch Jenny hat 'nen kurzen Rock,
Und Mylord denkt viel mehr daran.

Die goldgelockte Anna.

Jüngst hatt' ich einen Krug mit Wein,
   Ein Plätzchen, wo kein Mann nah;
Jüngst ruhte mir am Busen mein
   Die goldgelockte Anna.
Der gierigen Juden Hochgenuß
   Bei ihrem Wüstenmanna,
Was war er gegen ihren Kuß,
   Den Honigkuß von Anna?

Ihr Fürsten, nehmt den West und Ost,
   Vom Indus bis Savannah,
Wenn nur mein Arm in Liebe kost
   Die Reize meiner Anna.
Ich neid', an ihrem Busen warm,
   Nicht Kais'rin und Sultana;
Vor Wonne sterb' ich in dem Arm
   Der wonnetrunknen Anna.

Hinweg, du lichte Tagespracht,
   Hinweg auch du, Diana!
Ihr Sterne, sinkt in Wolkennacht,
   Wenn ich bei meiner Anna!
Komm, rabenschwarze Nacht, herauf,
   Bedarf ich Licht noch dann, ha?
Und schreib mit Engelsgriffel auf
   Die Reize meiner Anna.

Nachschrift.

Mag auch in Kirch' und Staat geschehn,
  Was ich nicht ändern kann ja,
Mag Kirch' und Staat zum Teufel gehn,
  Ich geh' zu meiner Anna.
Sie meiner Augen Sonnenschein,
  Sie meines Lebens Manna!
Und wenn drei Wünsche wären mein,
  Mein erster wäre Anna.

Dein Wohlsein, meine holde Maid.

Dein Wohlsein, meine holde Maid,
  Gut Nacht und Gott befohlen!
Nicht komm' ich mehr an deine Thür,
  Mir einen Korb zu holen.
O denke nicht, du Milchgesicht,
  Könn' ohne dich nicht leben;
Ich schwör' es dir, gleich ist es mir,
  Magst du dich überheben.

Du bist so frei, du sagst, es sei
  Zum Frei'n dir noch zu zeitig;
Doch eilt es mir, das sag' ich dir,
  Und drum geh' auf die Freit' ich.
Die Sippschaft dein wehrt dir allein
  Das eh'liche Vergnügen:
Man will zu hoch mit dir hinaus —
  Doch das kann dich betrügen.

Verlacht man meinen niedern Stand,
　Das soll mich wenig schmerzen;
Beglückt fühl' ich bei Wenigem mich:
　Habt ihr so frohe Herzen?
Mein froher Mut das ist mein Gut,
　Das will ich lang behalten;
Kein Mangel droht und keine Noth,
　Bleibt es damit beim Alten.

Der Vogel glänzt von ferne schön;
　Hast du ihn nah am Messer,
Wie schön er schein', es könnte sein,
　Ich wär' am Ende besser.
Doch um zwölf bei Nacht, wenn der Mond hell lacht,
　Will ich dich, Lieb, besuchen;
Denn der Mann, der seine Herrin liebt,
　Darf keiner Mühe fluchen.

O ständest du auf jener Höh'.

O ständest du auf jener Höh'
　Im kalten Nord, im kalten Nord,
Mit meinem Mantel gegen ihn
　Schirmt' ich dich dort, schirmt' ich dich dort.
Und weht' ein böser Unheilssturm
　Rings um dich her, rings um dich her,
Ich setzt', ihn theilend, meine Brust
　Als Schild zur Wehr, als Schild zur Wehr.

O wär' ich in der Wüste wild,
　So bloß und bleich, so bloß und bleich,
Sie würde, wärest du bei mir,
　Ein Himmelreich, ein Himmelreich.

Und sollt' ich Herr des Erdenballs
   Mit dir auch sein, mit dir auch sein,
Du wärst in meinem Diadem
   Der schönste Stein, der schönste Stein.

O sagt, wer ist mein Liebchen.

O sagt, wer ist mein Liebchen?
   Wer wohnt im Herzensschreine?
O süß ist sie, mein Liebchen,
   Wie Sommerthau am Raine,
   Wie Röslein roth im Haine.

Chorus.

Das ist mein Herzensmädchen, das
   Die Liebst' in allen Reichen;
Das ist die Fürstin aller Frau'n,
   Der keine zu vergleichen.

Begegnet dir ein Mädchen
   Voll Anmut und voll Güte,
Dies auserkorne Mädchen —
   Du fühltest im Gemüthe
   Nichts, was es so durchglühte.

Und hörtest du sie sprechen,
   Hätt'st ihr ein Ohr geliehen,
Macht' andrer Leute Sprechen
   Als ihres dich entfliehen;
   Zu ihr nur will's dich ziehen.

Und warst du bei der Schönen
Und bist von ihr geschieden,
Trotz aller andern Schönen,
Wen ihre Näh' gemieden,
Den meidet Glück und Frieden!

Das ist mein Herzensmädchen, das
Die Liebst' in allen Reichen;
Das ist die Fürstin aller Frau'n,
Der keine zu vergleichen.

O gib mir deine Hand, Maid.

O gib mir deine Hand, Maid,
Die Hand, Maid, die Hand, Maid;
Schwör' auf die weiße Hand, Maid,
Du willst mein eigen sein.
Oft zwang mich Lieb' in ihr Gebot
Und brachte mich in große Noth;
Doch hass' ich jetzt sie wie den Tod,
Wirst du, o Lieb, nicht mein.

Manch Mädchen störte meine Ruh,
Ich war verliebt in einem Nu;
Doch meine Königin bist du,
Und ewig bin ich dein.
O gib mir deine Hand, Maid;
Die Hand, Maid, die Hand, Maid;
Schwör' auf die weiße Hand, Maid,
Du willst mein eigen sein.

An Mary.

Könnt' es verkünden Liedes Klang
    Und könnte Kunst dich rühren,
Ich ließ' in wohlgefügtem Sang
    Dich meine Liebe spüren.
Wer heucheln kann ein wundes Herz,
    Der singt wohl schmerzbeklommen;
Doch wühlt im Busen heißer Schmerz,
    Was kann die Kunst da frommen?

Ein Seufzer tief hervor — nur dies
    Läßt tiefstes Weh dich sehen,
Und in dem glühnden Auge lies
    Der Liebe zärtlich Flehen.
Ich weiß, dein edles Herz verschmäht
    Der Kunst verstellte Schmerzen;
Die Stimme der Natur nur geht
    Von Herzen ja zu Herzen.

Peg=a=Ramsay.

Kalt weht der Abendwind
    Von Norden über See;
Kahl steht die Birk' um Weihnacht,
    Der Tag ist trüb — o weh!

Kalt weht der Abendwind,
    Wenn Frost so bitter beißt,
Und traurig stehn die Hügel,
    Beschneit und übereist.

Doch wie auch trüb die Nacht,
Wie dick der Schnee auch liegt,
Die schöne Peg in der Mühle
Ihr Mahlgeld doch kriegt.

Es war ein hübsches Kind.

Es war ein hübsches Kind,
Ein hübsches, hübsches Kind,
Treu liebt' ihren Burschen ihr Herz,
Bis des Krieges Alarm
Ihr ihn riß aus dem Arm;
Sie schieden mit innigem Schmerz.

Ueber See, über Land
Im Kanonendonner stand
Furchtlos der Bursch allerwärts;
Nichts macht ihn verzagt,
Nichts am Herzen ihm nagt
Als das hübsche Kind, dem zu eigen sein Herz.

Du mein Verlangen!

Zur Melkzeit, wenn die Sternlein dort
Hoch überm Hügel prangen,
Die Rinder vom gefurchten Feld
Müd kommen heimgegangen,
Dann bei dem Bach, auf den herab
Bethaute Birken hangen,
Treff' ich dich an dem Hügel, Lieb,
Du mein Verlangen!

Im Wald bei Nacht gern wollt' ich gehn
　Und nicht zu ruhn verlangen,
Ging' es nur durch den Wald zu dir,
　Mein einziges Verlangen!
Und wär' auch noch so wild die Nacht
　Und ich von Müd' umfangen,
Ich träfe dich am Hügel, Lieb,
　Du mein Verlangen!

Der Jäger liebt das Morgenlicht,
　Das flüchtige Reh zu fangen;
Der Fischer Mittags geht zum Bach,
　Wo seine Reusen hangen.
Mir gebt die Zeit der Dämmerung,
　Wo mein Stern aufgegangen;
Dann treff' ich dich am Hügel, Lieb,
　Du mein Verlangen!

An Mary Campbell.

Willst gehen nach Indien, Mary,
　Verlassen Altschottlands Gestad?
Willst fahren nach Indien, Mary,
　Des atlantischen Oceans Pfad?

Süß blüht die Orange und Pinie,
　An duftigen Aepfeln so reich;
Doch Indiens herrlichste Reize
　Sie kommen den deinen nicht gleich.

Ich schwur meiner Mary beim Himmel,
　Ich schwur, getreu ihr zu sein;
Und mag mich der Himmel vergessen,
　Vergeß' ich des Schwures mein.

O gelobe mir Treu, meine Mary,
　Auf deine weiße Hand;
O gelobe mir Treu, meine Mary,
　Eh ich scheide vom schottischen Strand.

Wir haben geschworen, o Mary,
　Uns ewige Liebe zu weihn;
Und wer es versucht, uns zu trennen,
　Verflucht müss' ewig er sein!

* * *

Mein Weibchen.

Sie ist ein niedlich Holdchen,
Sie ist ein hübsches Holdchen,
Sie ist ein nettes Holdchen,
　Das süße Weibchen mein.

Sah nie ein schönres Schätzchen,
Weiß mir kein liebres Kätzchen;
Am Herzen ist dein Plätzchen,
　Mein Hort, mein Edelstein.

Sie ist ein niedlich Holdchen,
Sie ist ein hübsches Holdchen,
Sie ist ein nettes Holdchen,
　Das süße Weibchen mein.

Wir theilen ungeschieden
So Lust wie Leid hienieden,
Und fühlen Himmelsfrieden
　In seligem Verein.

Die holde Leßley.

Saht ihr die holde Leßley
    Ueber die Grenze wandern?
Noch mehr sich zu erobern
    Ging sie gleich Alexandern.

Sie sehen heißt sie lieben,
    Lieben nur sie für immer;
Es schuf Natur sie, wie sie ist,
    Und eine zweite nimmer.

Bist eine Königin, Leßley,
    Königin von uns allen;
Bist eine Göttin, Leßley,
    Zu der Gebete wallen.

Der Teufel selber thät' ihr nichts.
    Und allem, was ihr eigen;
Säh' er ihr liebes Angesicht,
    Würd' er Erbarmen zeigen.

Ihr Mächte droben, schützt sie,
    Daß Unglück sie verschone;
Sie ist so lieblich wie ihr selbst —
    Kein Leid ihr nahe wohne!

Komm wieder, schöne Leßley,
    Nach Caledonia's Auen!
Dann haben wir die schönste Maid,.
    Die alle Welt kann schauen.

Hochland=Marie.

Ihr Hügel um Montgomery's Schloß,
    Ihr Wiesen und ihr Quellen,
Grün sei der Wald, die Blumen frisch,
    Und klar sei'n eure Wellen!
Der Sommer weil' am längsten dort,
    Erwache dort zum Leben!
Dort hab' ich dir den letzten Kuß,
    Hochland=Marie, gegeben.

Wie blühte frisch der Birke Grün,
    Des Weißdorns Blüthensprossen,
Als unter ihrem Schatten ich
    Sie an mein Herz geschlossen.
Auf Engelsschwingen fühlt' ich mir
    Die goldne Zeit entschweben,
Denn theurer war mir als die Welt
    Hochland=Marie, mein Leben.

Mit manchem Schwur, mit heißem Kuß
    Sind zärtlich wir geschieden,
Und trennten mit der Hoffnung uns
    Auf Wiedersehn hienieden.
Doch meiner Blum' hat früher Frost
    Ach! frühen Tod gegeben;
Der Rasen grünt, die Erde deckt
    Hochland=Marie, mein Leben.

O bleich die Rosenlippen, die
    Ich küßt' in Jugendgluten!
Auf ewig todt der Augen Strahl,
    Die liebend auf mir ruhten!

Im stillen Grunde schläft das Herz,
Das Liebe mir gegeben;
Doch ewig sollst in meiner Brust,
Hochland=Marie, du leben.

Der alte Rob Morris.

Der alte Rob Morris wohnt drüben im Thal,
Ist Fürst aller lustigen Leute zumal,
Hat Geld in dem Kasten, hat Ochsen und Kuh
Und ein niedliches Mädchen, mein Schätzchen, dazu.

Sie ist frisch wie der Morgen, der schönste im Mai,
Und süß wie der duftende Abend dabei,
Das Lamm auf der Weid' ist unschuldiger nicht;
Sie ist mir so lieb wie dem Auge das Licht.

Doch ach! sie ist Erbin — und Robin ein Lord,
Und mein Vater hat nichts als das Häuselein dort;
Ein Freier wie ich hat nur Kummer und Noth —
Die heimliche Wunde gibt bald mir den Tod.

Naht helle der Tag, so ist traurig mein Sinn;
Naht dunkel die Nacht, meine Ruh ist dahin;
Ich wander' allein wie ein nächtiger Geist,
Und Seufzen das Herz in der Brust mir zerreißt.

O wäre sie niedrig geboren wie ich,
Dann dürft' ich doch hoffen, sie lächelt' auf mich!
Es beschriebe kein Wort meine Seligkeit dann,
Wie jetzt meine Leiden es schildern nicht kann.

Die Armut.

Die Armut und die Lieb' allein
  Sind meines Lebens Sphäre;
Der Armut könnt' ich viel verzeihn,
  Wenn's nicht um Jeannie wäre.

  Warum löst das Geschick so gern
    Des Lebens liebste Banden,
  Und macht der Liebe lichten Stern
    Durch Wolkennacht zu Schanden?

Die Pracht der Welt — denk' ich daran,
  Und allen Glanz der Erden,
Pfui über dich, du feiger Mann,
  Der kann ihr Sklave werden.

Der Liebsten Aeuglein kündet mir,
  Sie liebt mich bis zum Tode;
Doch Vorsicht heißt es stets bei ihr,
  Sie spricht von Rang und Mode.

Wer kann an Vorsicht denken wohl
  In solches Liebchens Arme?
Wer kann an Vorsicht denken wohl
  Bei solchem Liebesharme?

Beglückt des schlichten Bauern Loos!
  Er wirbt mit schlichtem Worte;
Der Drang des Lebens ruhelos
  Naht nimmer seiner Pforte.

  Warum löst das Geschick so gern
    Des Lebens liebste Banden,
  Und macht der Liebe lichten Stern
    Durch Wolkennacht zu Schanden?

Mary Morison.

O Mary, komm an's Fensterlein,
    Es naht die langersehnte Stund',
Und laß mich sehn das Lächeln dein,
    Das kranke Herzen macht gesund.
Wie trüg' ich willig jedes Joch,
    Ein müder Sklav' im Brand der Sonn',
Erwürb' ich dich am Ziele noch,
    Du holde Mary Morison!

Als gestern durch den Saal der Tanz
    Hinwogt' im Glanz des Kerzenlichts,
Bei dir war meine Seele ganz,
    Ich saß, doch sah und hört' ich nichts.
War diese schön und jene drall
    Und die des ganzen Städtchens Kron',
Ich seufzt' und sprach: „Was seid ihr all?
    Ihr seid nicht Mary Morison."

O warum schaffst du solchen Schmerz
    Ihm, dem du mehr als Leben bist?
Kannst, Mary, brechen du ein Herz,
    Deß einzige Schuld die Liebe ist?
Kannst du nicht Lieb' um Liebe weihn,
    O so sei Mitleid doch mein Lohn;
Ein grausam Herz kann nimmer sein
    Das Herz von Mary Morison.

O öffne die Thüre mir.

O öffne die Thür, hab Erbarmen mit mir,
   O öffne die Thüre mir,
Und warst du auch falsch, bleib immer ich treu,
   O öffne die Thüre mir!

Kalt weht mir der Wind in's bleiche Gesicht,
   Doch kälter bist du zu mir;
Der Frost, der das Leben erstarrt, was ist
   Er gegen die Schmerzen von dir?

Der Mond, er versinkt in die schäumende Flut,
   Und die Zeit versinkt mit mir;
Die Freundschaft trog — o Liebe! hinfort
   Vertrau' ich nicht dir, noch ihr!

Sie öffnet die Thür und sie öffnet sie weit,
   Muß erbleichend am Boden ihn sehn;
Verzweifelnd sie schreit: o mein Lieb! und zur Seit'
   Ihm sinkt sie, um nie zu erstehn!

Jessie.

Treuherzigen Sinns war der Bursche von Yarrow,
   Und schön sind die Mädchen am Ufer des Ayr;
Doch gibt's an des Nith's gewundenem Strome
   Treuliebende Burschen und Mädchen noch mehr.
Solch eine wie Jessie — ihr sucht sie vergebens,
   Und sucht ihr auch rings in dem schottischen Land;
Huld, Anmut und Schönheit gewinnt ihr die Herzen,
   Jungfräuliche Schüchternheit festet das Band.

7*

O frisch ist die Rose am thauigen Morgen,
    Und süß ist die Lilie im Dämmer der Nacht;
Doch sieht man daneben die liebliche Jessie,
    Gibt niemand auf Rosen und Lilien Acht.
Im Lächeln wohnt Liebe mit lockendem Zauber;
    Ihr thronend im Auge, ertheilt er Befehl,
Und sie nur allein ist fremd ihren Reizen —
    Ihr bescheidener Sinn ist ihr schönster Juwel.

Der ehrliche Soldat.

Als ausgetobt des Krieges Sturm —
    Der Friede war gekommen —
Der seinen Vater manchem Kind,
    Den Mann dem Weib genommen,
Da ging auch ich vom Lager fort,
    Dem Schauplatz unsrer Thaten,
Im schlichten Ranzen alles Gut
    Des ehrlichen Soldaten.

Leicht war das Herz in meiner Brust,
    Vom Raube rein die Hände;
So zog ich fröhlich wieder heim,
    In Schottlands schön Gelände;
Wobei ich viel an Coila's Strand,
    An meine Nancy dachte,
Und an ihr Lächeln zauberisch,
    Das mich zum Sklaven machte.

Nun kam ich in das holde Thal,
    Wo ich als Knabe scherzte;
Da stand die Mühle, dort der Strauch,
    Wo Nancy oft ich herzte.

Da kam sie von der Mutter Haus,
  Sie selbst, daher gegangen!
Die Thränen bergend wandt' ich mich,
  Die mir in's Auge drangen.

Ich sprach mit fremder Stimme: Maid,
  Süß wie die Weißdornblüthe,
O selig, selig ist der Mann,
  Für den dein Herz erglühte.
Leicht ist mein Beutel, weit mein Weg,
  Nimm mich in deinen Kathen,
Dem Land und König dient' ich lang —
  Erbarmen dem Soldaten!

Nachdenklich sah die Maid mich an,
  So hold und lieb wie immer;
Sie sprach: Mein Schatz war auch Soldat,
  Und ihn vergess' ich nimmer.
Mein schlichtes Dach, mein einfach Mahl
  Gern will ich's mit dir theilen;
Dies Kreuz und die Kokarde gibt
  Ein Recht dir, hier zu weilen!

Sie sah — und wurde rosenroth;
  Es bebten ihr die Glieder:
Sie sank mir in die Arm' und rief:
  Mein Willie, bist du's wieder?
Bei ihm, der treue Liebe schützt,
  Die Welt schuf vor Aeonen,
Ich bin es selbst — und so mag stets
  Sich treue Liebe lohnen!

Der Krieg ist aus, ich kehre heim,
  Dein Herz ist treu wie immer;
Arm sind wir, aber reich an Lieb',
  Und trennen uns nun nimmer.

Sie sprach: Vom Ahnen hab' ich Geld
　　Und einen Hof bekommen,
Nun komm, mein treu Soldatenlieb,
　　Und sei darin willkommen!

Der Farmer furcht um Gold das Feld,
　　Der Kaufmann furcht die Meere,
Der Ruhm ist des Soldaten Stolz,
　　Sein Reichthum ist die Ehre.
Verschmäh' den armen Kriegsmann nicht,
　　Und nicht als Fremden acht ihn;
Als deines Landes Hort am Tag
　　Der draunden Noth betracht ihn.

———

Froh war ich.

Froh war ich auf jenen Höhn,
　　Wie die Lämmerheerde,
Leicht mein Sinn, den Wolken gleich
　　Schwebend ob der Erde.
Nun gefällt mir gar kein Scherz,
　　Keine Lust und Lieder;
Lesley ist so hold und schön,
　　Kummer beugt mich nieder.

Schwer, o schwer ist der Versuch,
　　Liebe zu erklären;
Zitternd staun' ich sie nur an,
　　Muß mich stumm verzehren.
Macht sie leichter nicht das Weh
　　Meiner Brust aus Schonung,
Unterm grünen Rasen bald
　　Ist dann meine Wohnung.

———

Es war ein Mädchen, das war schön.

Es war ein Mädchen, das war schön;
    Wenn man in Kirch' und Markt sie sah,
Wo all der Schönsten Schaar vereint,
    Die schönste doch war Jeannie da.

Sie that die Arbeit der Mama,
    Und fröhlich sang sie stets dabei;
Des Vögleins Herz im grünen Busch
    War nie so leicht und froh und frei.

Doch freudestörend fliegt der Falk
    Des kleinen Hänflings Neste zu,
Der Frost verheert die schönste Blum',
    Und Liebe stört die tiefste Ruh.

Jung Robie war der schönste Bursch,
    Der Schmuck und Stolz der Gegend all;
Er hatte Ochsen, Schaf' und Küh'
    Und auch zehn muntre Pferd' im Stall.

Er ging mit Jeannie Arm in Arm,
    Mit Jeannie tanzt' er allezeit,
Und eh es Jeannie wußte, war
    Das Herz ihr wund, ihr Friede weit.

Wie auf des Stromes Busen ruht
    Des Mondes Strahl im Abendschein,
So bebte Jeannie's holde Brust
    In sanfter Liebe zart und rein.

Sie thut die Arbeit der Mama,
  Doch seufzt sie schmerzlich alle Stund',
Und kannte nicht des Leides Quell,
  Noch was sie wieder macht gesund.

Doch ward es ihr um's Herz nicht leicht,
  Strahlt nicht ihr Auge lustbeseelt,
Als Robie eines Abends ihr
  Am Hügel viel von Lieb' erzählt?

Die Sonne ging zur Ruh im West,
  Im Haine sang der Vögel Chor;
Die Wange heiß an sie gepreßt,
  Sprach er ihr leis von Liebe vor:

„Ich liebe, schöne Jeannie, dich,
  Kannst du mich lieben, sag es mir?
Verließest du der Mutter Haus
  Und kämst in meine Farm zu mir?

Hast nichts in Scheun' und Stall zu thun,
  Kein Harm soll jemals dir geschehn;
Du gingest durch die Haide nur,
  Das wehnde Korn mit mir zu sehn."

Was soll die arme Jeannie thun?
  Sie wollte doch nicht sagen Nein;
Zuletzt sprach sie erröthend Ja,
  Und Liebe wohnte bei den Zwein.

Phillis.

Während die Lerche sang
   Im Frühlingswind,
Ging ich den Morgengang,
   Die Luft war lind:
Golden in's Thal hinein
Blickte der Sonnenschein:
So mag dein Morgen sein,
   Phillis, mein Kind.

Mit jedem Vöglein sang
   Ich froh gesinnt;
Wo manche Blum' entsprang,
   Kam ich geschwind,
Wo im bethauten Grün
Röslein am Morgen glühn:
Mögest auch du so blühn,
   Phillis, mein Kind.

Tauber mit Taub' im Hain
   Koset und minnt;
Habicht in's Netz hinein
   Stürzte geschwind.
So mag es jedem gehn,
Uebel und weh geschehn,
Wagt er es, dich zu schmähn,
   Phillis, mein Kind.

Hätt' eine Höhl' ich.

Hätt' eine Höhl' ich am einsamen Strand,
Wo wilde Wogen umbrausen das Land,
Klagt' ich da allezeit
Einstige Seligkeit,
Bis ich, verzehrt vom Leid,
Stürb' ungekannt.

Treuloses Weib, deine Schwür' und dein Wort,
Das du gegeben, die Luft trug es fort!
Eile zum Buhlen dein,
Spotte der Schmerzen mein;
Greif dann in's Herz hinein:
Ist Frieden dort?

Am Allan=Strom.

Am Allan=Strom zog ich allein;
Jenseits Benledi sank die Sonne,
Leis flüsterte der Wind im Hain
Und strich durch's gelbe Korn voll Wonne.
Ich lauscht' auf einen Liebesfang
Und dacht' an süße Jugendtriebe:
Vom Walde her das Echo klang —
O Annie, wie ich heiß dich liebe!

O stille Geisblattlaube du,
O sei mir alle Zeit gesegnet!
Kein Nachtspuk störe deine Ruh,
Du Stätte, wo ich ihr begegnet.

Es ruht' ihr Haupt an meiner Brust,
    Und sinkend sprach sie: „Dein für immer!"
Wir tauschten Küss' in seliger Lust
    Und heiligen Schwur: zu scheiden nimmer.

Den Frühling freut der Primelhag,
    Der Sommer folgt mit Lust der Heerde;
Schön ist des Herbstes kurzer Tag,
    Wenn gelb der Wald, das Kleid der Erde.
Doch freun sie wohl das glühnde Herz
    Und fesseln sprachlos Seel' und Sinne
Und reißen trunken himmelwärts
    Wie unsres Busens Schatz, die Minne?

Den schlängelnden Rith hinab.

Den schlängelnden Rith hinab zog ich,
    Wo lieblich manch Blümlein entsprang;
Den schlängelnden Rith hinab zog ich
    Und träumte von Phillis und sang.

Fort mit euren Schönheiten allen,
    Sie können vor ihr nicht bestehn;
Nur wer meine Phillis erblickt, hat
    Die Fürstin der Schönheit gesehn.

Maßliebchen betrachtet' ich zärtlich,
    Wie einfach und kunstlos sie sind!
Ihr seid das Symbol meiner Phillis,
    Denn sie ist der Einfachheit Kind.

Die Rosenknosp' ist ihr Erröthen,
　　Küss' ich ihr die Lippe voll Lust;
Wie schön und wie rein auch die Lilie,
　　Sie gleicht nicht der Lieblichen Brust.

Das Blumenbouquet in der Laube
　　Kann messen mit Phillis sich nicht;
Ihr Hauch ist das Duften des Geisblatts,
　　Ihr Auge wie Thautropfen licht.

Wie Morgengesang ihre Stimme,
　　Wenn über die Berge der Strahl
Der Sonne blickt, Lieder und Liebe
　　Erweckend im grünenden Thal.

Doch Schönheit vergeht wie die Blumen,
　　Die, ach! schon am Abend verglühn!
Der Werth im Gemüth meiner Phillis
　　Wird, ohne zu welken, erblühn.

Fort mit euren Schönheiten allen,
　　Sie können vor ihr nicht bestehn,
Nur wer meine Phillis erblickt, hat
　　Die Fürstin der Schönheit gesehn.

Laß mich dich ziehn an meine Brust.

Laß mich dich ziehn an meine Brust;
　　Wenn wir uns nimmer trennen,
Will ich der Erde Größ' und Lust
　　Und Reichthum Plunder nennen.
Wenn meine Jeannie spricht, daß sie
　　Fühlt gleiches Wonnebeben,
Dann will ich mehr vom Leben nie,
　　Als ihrer Liebe leben.

An meine Brust schließ' ich voll Lust
    Den Schatz, den ich besitze;
Vom Himmel mehr ich nicht begehr'
    Als solche Wonneblitze.
Bei deinem Auge blau und rein
    Schwör' ich dir: Dein auf immer!
Der Kuß hier soll das Siegel sein,
    Und brechen will ich's nimmer.

Die Stund' ist da.

Die Stund' ist da, es naht das Boot;
    Mein Herzenslieb, du mußt nun gehn!
Wie überleb' ich diese Noth?
    Doch Gott gebeut — es muß geschehn.
Oft weinend an der Brandung hohl
    Grüß' ich die ferne Insel dort;
Hier klang ihr letztes Lebewohl,
    Hier zog ihr scheidend Segel fort.

Entlang dem einsamen Gestad,
    Wo Möwen flatternd um mich schrein,
Hin über wilder Wellen Pfad
    Blick' ich nach West im Abendschein.
Ihr seligen Wälder Indiens ihr,
    Wo meine Nancy nun mag sein,
Durchstreift sie euer grün Revier,
    O saget mir, gedenkt sie mein?

Schön Jenny.

Wo ist nun die Lust, die am Morgen mir winkte,
    Die auf mit der Lerche sich schwang?
Wo ist nun der Friede, der Abends im Walde
    Mein wartet' auf einsamem Gang?

Ich wandre nicht mehr am geschlängelten Ufer,
    Wo liebliche Blumen erblühn;
Nicht tret' ich den fröhlichen Pfad des Vergnügens, .
    Mir winken nur Sorgen und Mühn.

Ist's, weil unsre Thäler der Sommer verlassen,
    Und Winter gekommen? O nein!
Noch schwärmen die Bienen um heitere Rosen,
    Um Huldigung ihnen zu weihn.

Gern bärg' ich's, was ich zu enthüllen mich scheue,
    Doch lange schon seh' ich es ein:
Was mir in dem Busen den Kummer erweckte,
    Ist Jenny, schön Jenny allein.

Zeit kann mir nicht helfen, mein Schmerz ist unsterblich,
    Nicht tröstet die Hoffnung das Herz:
Wohlan denn, verliebt in den eigenen Kummer,
    Befriedigung such' ich im Schmerz.

Betrogner, das Ergetzen.

Betrogner, das Ergetzen
    An schönen Weibes Zügen
Gleicht eitlen Feeenschätzen —
    Die Hoffnung wird dich trügen.

Den Wogen auf dem Meere,
   Der Lüfte flüchtigem Streichen,
Der Wolken ziehndem Heere
   Magst du das Weib vergleichen.

O schäm dich — so vernarrt sein
   In eine hübsche Fratze!
Ein Männerherz muß hart sein —
   Entsage deinem Schatze!

Mit wackern Kameraden
   Trink lustig um die Wette,
Und hast du schwer geladen,
   Dann geh vergnügt zu Bette.

———————   .

Mein treues Lieb Nancy.

Dein bin ich, mein treues Lieb,
   Nancy, sonder Wanken,
Jeder Puls, der in mir schlägt,
   Jegliche Gedanken.

Leg an deine Brust mein Herz,
   Fried' ihm mitzutheilen;
Wühlt' in ihm Verzweiflung auch,
   Würde dies es heilen.

Nimm die Balsamlippen fort,
   Die sich rosig färben,
Fort den Blick — ich könnte sonst
   Vor Vergnügen sterben!

Was ist Leben ohne Lieb'?
  Eine Nacht ohn' Morgen;
Liebe, gleich der Sommersonn',
  Endet alle Sorgen.

Willst du sein mein eigen.

Willst du sein mein eigen?
  Wenn die Sorg' umfängt mein Herz,
Dich mir freundlich neigen?
  Liebe, wie mein Herz sie fühlt,
Ewiglich mir zeigen?
  Einzig du, schwör' ich dir zu,
Sollst ja sein mein eigen;
  Einzig du, schwör' ich dir zu,
Sollst ja sein mein eigen.

  Liebst du mich? ich frage!
Willst du nicht mein eigen sein?
  O nur Nein nicht sage!
Soll und kann es denn nicht sein,
  Ende meine Klage!
Gib mir, Mädchen, schnell den Tod,
  Eh ich ganz verzage!
Gib mir, Mädchen, schnell den Tod,
  Eh ich ganz verzage!

Hier ist das Thal.

Hier ist das Thal, und hier im Grund
  Der schattigen Birken ist der Platz;
Die Dorfuhr schlug schon längst die Stund' —
  O warum säumt mein liebster Schatz?

Nicht ist's Maria's sanfter Gang —
  Des Windes Balsamhauch von fern,
Gemischt mit eines Vögleins Sang,
  Das grüßt den thauigen Abendstern.

Doch jetzt! Maria's Stimm' ist das!
  So lockt im Busch die Lerche weich
Ihr treues Lieb, im thauigen Gras,
  Wie Lieb' und wie Musik zugleich.

Und bist du da? und bist du treu?
  Sei tausendmal willkommen hie!
Und laß uns schwören Lieb' auf's neu,
  Wie einst am blumigen Strand des Cree.

Sie sagt, sie liebt am meisten mich.

So blond war ihre Locke,
  Doch dunkler war die Augenbrau,
Mit Zauber überwölbend
  Zwei Aeuglein süß von holdem Blau.
Ihr Lachen kann machen,
  Daß jeder seinen Schmerz vergißt;
Zu nippen, ihr Lippen,
  An euch — wie wonnig das doch ist!
So sah mein Liebchen Chloris aus,
  Als ich sie sah, so minniglich;
Doch das ist Chloris' schönster Reiz:
  Sie sagt, sie liebt am meisten mich.

Harmonisch von Bewegung,
  Ihr Knöchel ein Verräther ist:
So wohlgebaut — er machte,
  Daß man den Himmel drum vergißt.

8

Entzückend, beglückend
    Ist ihre reizende Gestalt;
Solch eine und keine
    Mehr schuf Natur, die schon so alt.
Hier zeigt der Schönheit Siegermacht,
    Der Liebe süße Fessel sich;
Doch das ist Chloris' schönster Reiz:
    Sie sagt, sie liebt am meisten mich.

Laßt Andre Städte lieben,
    Wo Pracht im Sonnenglanze thront;
Mir gebt den stillen Thalgrund,
    Den thauigen Abend und den Mond.
Sanft strahlend und malend
    Sein Silberlicht das Laub durchdringt,
Wenn leise die Weise
    Der Liebe süß die Drossel singt.
Willst, theure Chloris, willst du gehn
    Zum Walde grün und sommerlich?
Dort höre meiner Liebe Schwur
    Und sprich: du liebst am meisten mich.

O saht ihr mein Lieb, meine Philly?

O saht ihr mein Lieb, meine Philly?
O saht ihr mein Lieb, meine Philly?
Am traulichen Platz herzt sie ihren Schatz,
    Will nicht wieder zu ihrem Willie.

Was sagt sie, mein Lieb, meine Philly?
Was sagt sie, mein Lieb, meine Philly?
Sie entbietet dir her, sie will dich nicht mehr,
    Auf immer verschmäht sie dich, Willie.

O hätt' ich dich nie gesehn, Philly!
O hätt' ich dich nie gesehn, Philly!
So leicht wie ein Hauch, und so lieblich doch auch —
    Haſt gebrochen das Herz deinem Willie.

———

Laß das Weib ſich nicht beklagen.

Laß das Weib ſich nicht beklagen,
    Daß die Liebe treulos iſt;
Laß das Weib ſich nicht beklagen,
    Daß der Mann ſo ſchnell vergißt.
Blick umher in der Natur:
Ihr Geſetz iſt Wechſel nur;
Iſt's nun gegen die Natur,
    Daß der Mann nicht anders iſt?

Winde wehen, Wolken wallen,
    Ebb' und Flut iſt auf dem Meer;
Mond und Sonne ſteigen, fallen,
    Flieht der Tag, kommt Nacht daher.
Warum ſoll der arme Mann
Dies Geſetz mißachten dann?
Sei er treu, ſo lang er kann —
    Ihr könnt ſelber ja nicht mehr!

———

Des Liebenden Morgengruß

an seine Herrin.

Schläfst du, wachst du, holde Kleine?
  Sieh, der rosige Tag erscheint,
Zählend jede Blüth' im Haine,
  Drauf Natur den Thau geweint:
Im laubigen Waldesdom,
  Am dampfend frischen Strom
Die Kinder der Natur nun fröhlich ziehn;
  Der Hänfling in dem Strauch
  Singt von der Blumen Hauch,
  Der Lerche Flügelschlag
  Begrüßt voll Lust den Tag,
Die Sonn' und du stehst auf und segnest ihn.

Goldig strahlend macht der Morgen
  Alle Wesen schön und froh,
Scheucht die Nacht und scheucht die Sorgen:
  Mir mein Liebchen ebenso.
Ach! bin ich fern von ihr,
  Nahn trübe Schatten mir,
Kein Sternlein strahlt am Himmel meiner Brust.
  Doch wenn in Schönheit licht
  Sie schaut mein Angesicht,
  Wenn in mein Herz hinein
  Mir strahlt ihr Wonneschein,
Dann wach' ich auf zu Leben, Licht und Lust.

Chloris.

O Chloris, sieh, wie grün das Thal,
   Wie schön das Primelbeet;
Die Blumen weckt der Balsamhauch,
   Der durch das Haar dir weht.

Die Lerche flieht der Schlösser Pracht
   Und singt den Hütten nur,
Und lieblich wie dem König lacht
   Dem Schäfer die Natur.

Der Harfner sing' ein kunstvoll Lied
   Im lichterhellen Saal;
Der Schäfer spielt auf seinem Rohr
   Vergnügt im grünen Thal.

Der Städter mag auf unsern Tanz
   Hochmüthig niederschaun;
Doch ist sein Herz wie unsres froh
   Hier auf den blumigen Aun?

Der Schäfer in dem grünen Thal
   Wird wie ein Schäfer frein:
Der Hofmann drückt es feiner aus —
   Doch ist sein Herz so rein?

Ich pflückte diesen Blumenstrauß,
   Schmück' er den Busen dir;
Der Hofmann gibt Demantenschmuck,
   Doch liebt er nicht gleich mir.

Die schöne Maienzeit.

Es war die schöne Maienzeit,
Die Blumen blühten weit und breit,
Der Morgen lacht' im Rosenkleid —
    Da stand die junge Chloe
Vom Schlummer auf, der sie umfing,
Um sich sie Kleid und Mantel hing,
Und durch die blumige Haide ging
    Die junge schöne Chloe.

    Süß zu sehn im Morgengrau,
        Junge Chloe, schöne Chloe,
    Trippelnd auf beperlter Au,
        Die junge schöne Chloe.

Der Vögel leichtes Völkchen, sieh!
Umfliegt von allen Bäumen sie,
Und grüßt mit süßer Melodie
    Die junge schöne Chloe,
Bis, hell erglüht am Himmelssaal,
Die Sonn' im Ost empor sich stahl,
Verdunkelt von der Augen Strahl
    Der jungen schönen Chloe.

    Süß zu sehn im Morgengrau,
        Junge Chloe, schöne Chloe,
    Trippelnd auf beperlter Au,
        Die junge schöne Chloe.

———

Blonde Maid voll Treu und Güte.

Blonde Maid voll Treu und Güte,
    Holdes Mädchen, schlichtes Mädchen,
Komm, wo ich die Heerden hüte,
    Und sei du mein Liebchen!

Nun steht der Wald in grüner Zier
Und jung ist alles rings gleich dir;
Theilst du des Lenzes Lust mit mir,
    Sprich, willst du sein mein Liebchen?

Wenn Sommerregen leise fällt
Und jedes Blümchens Aug' erhellt,
Gehn wir in's grüne Geisblattzelt
    Zur Mittagszeit, mein Liebchen.

Wenn heim der Mond mit bleichem Strahl
Die müden Schnitter führt zumal,
Gehn wir im korndurchwogten Thal,
    Von Liebe redend, Liebchen.

Und wenn der Sturm auch immerzu
Stört meines Mädchens nächtige Ruh,
Gedrückt an meinen Busen du
    Bist sicher ja, mein Liebchen.

Blonde Maid voll Treu und Güte,
    Holdes Mädchen, schlichtes Mädchen,
Komm, wo ich die Heerden hüte,
    Und sei du mein Liebchen!

Lebwohl, du Strom.

Lebwohl, du Strom, der schlängelnd zieht
   Rings um Elisens Wohnung!
Erinnerungen, flieht, o flieht,
   Ihr quält mich ohne Schonung.
Der hoffnungslosen Kette Last
   Muß ich verborgen tragen;
Das Herz von Höllenglut erfaßt,
   Darf ich es niemand klagen.

Mein Liebesleid, fremd, ungesehn,
   Verbärg' ich gern im Herzen,
Doch wider Willen Seufzer wehn
   Und künden meine Schmerzen.
Und willst du mich verzweifeln sehn,
   Hast keinen Trost mir Armen,
So hör, Elise, doch mein Flehn —
   Vergib mir aus Erbarmen!

Ich hörte deiner Stimme Hauch,
   In Fesseln süß geschlagen,
Sah ohne Zagen dir in's Aug',
   Nun ist's zu spät zum Zagen.
So starrt der Schiffersmann entsetzt
   In wildgethürmte Wogen,
Bis, überrauschend, sie zuletzt
   Ihn in den Grund gezogen.

O Philly, Segen jenem Tag.

Er.

O Philly, Segen jenem Tag,
Wo, streifend durch den grünen Hag,
Mein junges Herz an deinem lag,
 Von Wonne trunken, Philly.

Sie.

O Willy, Segen jenem Hain,
Wo ich dir gab die Liebe mein,
Wo Gott vernahm die Schwüre dein,
 Zu sein mein theurer Willy.

Er.

Der Sänger Lied im Waldrevier
Dünkt alle Tage süßer dir;
So bist du täglich theurer mir.
 Und reizender, o Philly.

Sie.

Die Rosenknosp' am Dornenstrauch
Hat immer süßern Duft und Hauch;
So wächst in meinem Herzen auch
 Zu dir die Lieb', o Willy.

Er.

Der Sonne Schein, der Himmel klar,
Sie reifen unsre Ernte zwar,
Doch nie so süß ihr Anblick war
 Wie deiner mir, o Philly.

Sie.

Die Nachtigall, die, leichtbeschwingt,
Im blühnden Lenze fröhlich singt —
Ihr Lied so wonnig nie erklingt,
Als wenn ich geh' zu Willy.

Er.

Die Blumen küßt und kost der Schwarm
Der Bienen in der Sonne warm;
Wie dünkt mich ihr Vergnügen arm
Bei deinem Kuß, o Philly!

Sie.

Das Geisblatt an dem feuchten Bach,
Wenn sich der Abend senkt gemach,
Ist nicht so süß und duftig, ach!
Wie ein Kuß meines Willy.

Er.

Wie auch der Strom der Zeiten rinn',
Ein Narr verlier', ein Schelm gewinn',
Eins fesselt einzig meinen Sinn,
Und das ist meine Philly.

Sie.

Was ist die Lust der großen Welt?
Was frag' ich viel nach Gut und Geld?
Ein einziger Bursche mir gefällt,
Das ist mein theurer Willy.

Kannst mich so verlassen, Käthchen?

Ist dies der Blick, drin Liebe wohnt,
  Bei letzten Trennungsschmerzen, Käthchen?
So wird die Treue mir gelohnt —
  Mit wehgebrochnem Herzen, Käthchen?

  Kannst mich so verlassen, Käthchen?
  Kannst mich so verlassen, Käthchen?
  Kennst ja doch mein wundes Herz,
  Und kannst mich verlassen, Mädchen?

Lebwohl! nie sei von solchem Schmerz
  Dein treulos Herz zerrissen, Käthchen!
Du wirst, liebt dich auch manches Herz,
  Nie so geliebt dich wissen, Käthchen!

  Kannst mich so verlassen, Käthchen?
  Kannst mich so verlassen, Käthchen?
  Kennst ja doch mein wundes Herz,
  Und kannst mich verlassen, Mädchen?

Nanny ist fort.

Nun hüllt sich Natur in ihr grünes Gewand
Und lauschet den Lämmchen am blumigen Strand;
Es zwitschern die Vögel am schattigen Ort;
Mich kann es nicht freuen — denn Nanny ist fort.

Schneeglöckchen und Primel, sie schmücken die Au,
Es baden die Veilchen sich Morgens im Thau;
Sie machen mich traurig, mich mahnt immerfort
Ihr Blühen an Nanny — und Nanny ist fort.

Du Lerche, die flatternd vom thauigen Plan
Verkündet dem Schäfer des Morgenroths Nahn,
Du Drossel, du abendbegrüßende, dort,
O schweigt aus Erbarmen — denn Nanny ist fort.

Komm sinnender Herbst denn, in Gelb und in Grau,
Daß ich die Natur, die verwelkende, schau';
Der eisige Winter, wenn alles verdorrt,
Kann einzig mich freuen — denn Nanny ist fort.

————

Craigie=Burn.

Auf Craigie=Burn der Abend fällt,
    Und froh erwacht der Morgen;
Der Lenz erfreut die ganze Welt,
    Mir bringt er einzig Sorgen.

Ich sehe blühen Blum' und Baum,
    Und höre Vögel singen;
Doch Freud' hat nicht im Herzen Raum,
    Das Qual und Weh durchdringen.

Gern würd' ich künden meinen Schmerz,
    Wagt' ich es, ihn zu zeigen;
Doch diese Liebe bricht mein Herz,
    Will ich noch länger schweigen.

Gibſt du nicht dem Erbarmen Raum
Und liebſt du einen andern,
Kannſt du, wenn gelb das Laub am Baum,
Zu meinem Grabe wandern.

———

O Mädchen, ſchläfſt du?

O Mädchen, das ich lieben muß,
Schläfſt oder wachſt du, ſage du's?
Denn Liebe band mir Hand und Fuß,
Ich möchte gern hinein, Herz!

O laß mich ein nur dieſe Nacht,
Nur dieſe dieſe dieſe Nacht,
Erbarmen, ach! nur dieſe Nacht,
Steh auf und laß mich ein, Herz!

Du hörſt den wilden Winterwind,
Die Sternlein all erloſchen ſind,
Die Füße müd — Erbarmen, Kind,
Schütz hier vor Regen mich, Herz!

Der kalte Wind der Sturmesnacht,
Nicht hab' ich auf ſein Heulen Acht,
Die Kälte deines Herzens macht
Mich weinen bitterlich, Herz!

O laß mich ein nur dieſe Nacht,
Nur dieſe dieſe dieſe Nacht,
Erbarmen, ach! nur dieſe Nacht,
Steh auf und laß mich ein, Herz!

Ihre Antwort.

O nicht von Wind und Regen sprich,
Nicht kalter Härte zeihe mich!
Troll aus dem Thore wieder dich,
Ich lasse dich nicht ein, Herz!

Ich sage dir's in dieser Nacht,
Ja diese diese diese Nacht,
Noch einmal dir in dieser Nacht,
Ich lasse dich nicht ein, Herz.

Ob Regensturm in nächtiger Zeit
Durchnäßt verirrter Wandrer Kleid,
Was ist es vor der Armen Leid,
Die sich Verräthern weihn, Herz!

Die schönste Blume, süß und traut,
Verworfen wie gemeines Kraut,
Hat diese Lehre mir vertraut:
Ihr Schicksal wird auch mein, Herz!

Das Vöglein, das sein Herz im Laub
Entzückt, wird bald des Voglers Raub:
Leichtgläubig thöricht Weib, o glaub,
Es wird dein Schicksal sein, Herz!

Ich sage dir's in dieser Nacht,
Ja diese diese diese Nacht,
Noch einmal dir in dieser Nacht,
Ich lasse dich nicht ein, Herz!

An die Waldlerche.

Steh, süße Sängrin Lerche, steh!
Nicht weg vom schwanken Aste geh!
Dein Lied begehrt ein Herz voll Weh,
Dein süßes, zartes Klagen.

Fang einmal noch dein Liedchen an,
Daß ich die Kunst erlernen kann;
Ihr Herz — gewiß, ich rühr' es dann,
Das Liebe will versagen.

Sprich, war dein Liebchen falsch gesinnt
Und ließ dich treulos wie der Wind?
Wo Lieb und Leid verbunden sind,
Kann so Gesang nur sprechen.

Du sprichst von Schmerz, der ewig wacht,
Von stummem Gram, Verzweiflungsnacht —
Still, süßes Böglein, still! es macht
Das arme Herz mir brechen!

An Chloris,

als sie krank war.

Lang ist, ach! die Nacht,
    Träge kommt der Morgen,
Und mein Liebling wacht
    Auf dem Bett der Sorgen.

Ach! zur Ruhe wiegt
  Meine Furcht sich nimmer,
Denn mein Liebling liegt
  Krank in seinem Zimmer.

All mein Hoffen traf
  Jäher Todesschrecken;
Fürchte selbst den Schlaf,
  Draus mich Träume wecken.

Gott, ich fleh' zu dir,
  Hör's auf deinem Throne!
Alles nimm du mir,
  Aber Chloris schone.

Lang ist, ach! die Nacht,
  Träge kommt der Morgen,
Und mein Liebling wacht
  Auf dem Bett der Sorgen.

Caledonia.

Mag immer der Süd mit dem Myrtenhain prahlen,
  Wo duftig die Lüfte, der Sommer so hell,
Ich weile doch gern in den einsamen Thalen,
  Wo unter dem Ginster entsprudelt der Quell.
Bin gern in der Haine, der grünenden, Mitte,
  Wo Primel und Maßlieb und Schneeglöckchen steht,
Weil dort durch die Blumen mit trippelndem Schritte,
  Den Hänfling belauschend, mein Hannchen oft geht.

Wie üppig in sonnigen Thalen die Lüfte,
    Und kalt Caledonia's Wind auf der Flut —
Die stolzen Paläste, die Auen voll Düfte,
    Wer wohnt da? Thrannen und sklavischer Muth.
Die würzigen Wälder, die goldigen Quellen
    Mit Recht Caledonia's Sprößling verschmäht,
Der, frei wie die Berge, wie wandernde Wellen,
    Nur Sklave der Liebe zu Hannchen, hingeht.

Nicht war's ihr Blauauge.

Nicht war's ihr Blauauge, das so mich besiegte,
Nicht war es die Schönheit, die licht sie umwiegte;
Das Lächeln nur war es, wenn keiner uns schaute,
Das zaubrische, süße, verstohlene, traute.

Ich fürchte, daß Hoffen mir Hilfe versage,
Daß bange Verzweiflung am Herzen mir nage!
Doch hält uns auch grausam das Schicksal geschieden,
Bleibt Kön'gin des Herzens sie ewig hienieden.

Dein, Mary, dein bin ich in Treu, die nicht endet,
Und du hast mir theuerste Liebe verpfändet,
Und du bist der Engel, der nimmer kann wanken —
Eh ließe die Sonn' ihre Bahnen und Schranken.

Wie grausam sind die Eltern.

Wie grausam sind die Eltern,
　　Die nur um Goldes Schein
Dem reichen dummen Laffen
　　Das Glück der Tochter weihn!
Da bleibt der Unglückseligen
　　Die harte Wahl allein:
Des Vaters Zorn zu meiden,
　　Ein elend Weib zu sein.

Der Fall verfolgt die Taube,
　　Die zitternd vor ihm flieht,
Die in der Kraft des Flügels
　　Die einzige Rettung sieht,
Bis am Entfliehn verzweifelnd,
　　Schutzlos auf weitem Feld,
Dem rauhen Falkner trauend,
　　Sie ihm zu Füßen fällt.

Seht den Pomp so reich und prächtig.

Seht den Pomp so reich und prächtig
Um die reich geschmückte Braut:
Doch ist hier wohl Liebe mächtig?
Arm ist alles, was ihr schaut.
　　Was ist der prächtige Schimmer,
　　Was ist der Glanz und Flimmer?
Nur Eitelkeit und Kunst ist allerwärts.
　　Das Auge staunend bannt
　　Der funkelnde Demant;
　　Des Hofes Glanz und Pracht
　　Den Sinn gefangen macht,
Doch nimmer, nimmer dringt er an das Herz.

Doch wenn Chloris ihr gesehen
  Schlicht in holder Einfachheit,
Wie die süßen Knospen stehen
  Schämig in Holdseligkeit,
    O dann, das Herz entrückend,
    Und alles rings entzückend,
Schlägt sie die Seel' in süßes Liebesband.
    Ehrgeiz vergäße ganz
    Der lichten Kronen Glanz,
    Habsucht von ihr bekehrt,
    Den Gott, den sie verehrt,
Und fühlt' im Busen seliger Liebe Brand.

O das ist nicht mein Mädchen.

Ich seh' ein liebliches Gesicht,
Hell strahlend in der Schönheit Licht,
Doch hat's für mich den Zauber nicht;
  Ihm fehlt die Lieb' in ihrem Aug'.

  O das ist nicht mein Mädchen,
    Wie schön dies Mädchen auch;
  O wohl kenn' ich mein Mädchen,
    Lieb' ist in ihrem Aug'!

Sie ist so blühend, schön und schlank,
Ihr dient das Herz mein Leben lang,
Doch was zumeist mein Herz bezwang,
  Das ist die Lieb' in ihrem Aug'.

Mein Mädchen ist solch schlauer Dieb,
Daß, was sie stahl, verborgen blieb;
Lichthelle Augen hat mein Lieb,
  Denn Liebe wohnt in ihrem Aug'!

Ob sich's dem Stutzer auch entzieht
Und des Gelehrten Blick entflieht,
Wachsame Liebe dennoch sieht
Die Liebe, die in ihrem Aug'. .

O das ist nicht mein Mädchen,
Wie schön dies Mädchen auch;
O wohl kenn' ich mein Mädchen,
Lieb' ist in ihrem Aug'.

An Herrn Cunningham.

Ein schottischer Gesang.

Nun hat der Frühling Thal und Wald
Mit Blumen überstreut;
Das Korn, das reich und üppig wallt,
Sich frischen Regens freut.
Wo jedes Wesen der Natur
Entsagt den Sorgen hat,
O warum ich alleine nur
Zieh' auf des Schmerzes Pfad?

Das Fischlein dort im klaren Born
Zieht hin, ein Silberblitz,
Und sicher unterm schattigen Dorn,
Täuscht es des Anglers Witz.
Solch frohes Fischlein war einst ich,
Der Born mein Leben hell,
Doch Liebesglut hat bitterlich
Vertrocknet meinen Quell.

Des blühnden Strauches friedlich Loos,
Der dort am Felsen hängt
Und zum Besuch im duftigen Schooß
Den Hänfling nur empfängt,

War meines, bis die Liebe kam
　　Und warf die Blüthen hin,
Und, weggeweht von Sorg' und Gram,
　　Schwand jugendfroher Sinn.

Die muntre Lerche fröhlich schwingt
　　Sich zu den Wolken auf,
Mit thauigem Fittig schmetternd bringt
　　In's Frühroth sie hinauf:
So war mir keine Sorge kund,
　　Bis deine blumige Schling',
O Liebe, mich in böser Stund
　　Als deinen Sklaven fing!

Wär' ich gezeugt in Grönlands Schnee,
　　Im glühnden Wüstensand,
So hätt' ich nie der Liebe Weh
　　Und Peggy nie gekannt.
Weß Schicksal ist: Nichts hoffen mehr,
　　Wer schildert dessen Schmerz?
In seinem Busen freudeleer
　　Wohnt ein gebrochnes Herz.

O schön war jener Rosenstrauch.

O schön war jener Rosenstrauch,
　　Der fern von Menschenstätten blüht,
Und schön war mein süß Liebchen auch,
　　Vom Abendsonnenstrahl umglüht.

Die Rosenknosp' im Morgengrau
　　Blickt aus dem Laube rein hervor;
Doch reiner war der Schwüre Thau,
　　Die dort vernahm ihr lauschend Ohr.

Wie süß die holde Rose glüht
Aus dornigem Haus und dich entzückt,
Doch süßer noch die Liebe blüht,
Die unsres Lebens Dornen schmückt.

Der wilde Wald, der Bach sei mein,
Und Chloris ruhe mir im Arm;
Dann macht kein Erdenwunsch mir Pein,
Nicht Lebensfreud' und Lebensharm.

Chloris.
Bruchstück.

Warum deinem Treuen sagen,
Daß du nicht für ihn bestimmt?
Warum, warum die Enttäuschung,
Die ihm jedes Hoffen nimmt?

Wenn, entzückt von Chloris träumend,
Er zum Himmel schwebt hinauf,
Warum, warum weckst du grausam
Ihn aus seinen Träumen auf?

Mally.

O Mally ist fein, süß und rein,
In der Unschuld lichtem Schein,
Mally ist hold, rein wie Gold,
Nichts kann so vollkommen sein.

Mir bot, als ich spaziert' am Fluß,
Ein barfuß Mägdlein seinen Gruß;
Doch viel Gefahr bot leider dar
Der rauhe Weg dem zarten Fuß.

Eh käme zu ein seidner Schuh
  Mit Schleifen diesem Füßchen fein;
Eh käm' ihr zu, in weicher Ruh
  Zu sitzen in dem Wägelein.

Ihr blondes Haar, so wunderbar,
  Rollt auf des Nackens Schnee hinab;
Ihr Augenpaar, wie Sternlein klar,
  Entriss' ein sinkend Schiff dem Grab.

O Mally ist fein, süß und rein,
  In der Unschuld lichtem Schein;
Mally ist hold, rein wie Gold,
  Nichts kann so vollkommen sein.

Schönste Maid am Devonstrand.

Schönste Maid am Devonstrand,
  Am gewundnen hellen Devon,
Fort mit dieser düstern Stirn,
  Lächle, wie dereinst, so licht!

Du weißt, daß ich nur dich erkor!
Leihst den Verleumdern doch ein Ohr?
O sprach die Liebe nicht zuvor:
  Mißbrauche den Geliebten nicht!

Drum komm, der Schönen schönste Zier,
  Dies alte Lächeln, schenk es mir!
Bei deiner Schönheit schwör' ich dir:
  Dich lieb' ich, bis das Herz mir bricht.

Schönste Maid am Devonstrand,
　Am gewundnen hellen Devon,
Fort mit dieser düstern Stirn,
　Lächle, wie dereinst, so licht!

Jessy.

Des Dichters letztes Lied.

Auf das Wohl der Maid, die ich liebe,
　Die einzig erkoren mein Herz!
Du bist süß wie der Liebenden Lächeln
　Und sanft wie der Scheidenden Schmerz — Jessy!

Und nenn' ich dich nimmer mein eigen,
　Und ist mir die Hoffnung verwehrt,
O süßer, um dich zu verzweifeln,
　Als all, was die Welt uns beschert — Jessy!

Ich traur' am fröhlichen Tage,
　Denk' ich deiner Reize voll Schmerz;
Doch willkommen die Träume des Schlummers,
　Dann schließest du mich an das Herz — Jessy!

Ich ahne das himmlische Lächeln,
　Ich ahne den zärtlichen Blick;
Doch wozu die Liebe gestehen,
　Wo grausam entschied das Geschick! — Jessy!

Auf das Wohl der Maid, die ich liebe,
　Die einzig erkoren mein Herz!
Du bist süß wie der Liebenden Lächeln
　Und sanft wie der Scheidenden Schmerz — Jessy!

Druck vom Bibliographischen Institut (M. Meyer) in Hildburghausen.